義妹生活

5

三河ごーすと

插畫 Hiten

Kadokawa Fantastic Novels

Contents

Days with my Step Sister

如果命運的邂逅需要神的指引，那麼愛情的證明就少不了惡魔的誘惑。

序幕　淺村悠太

這天，我——淺村悠太走在都立水星高中因為文化祭而熱鬧非凡的走廊上。

十月的第二週。時間剛過正午。

從窗戶望見的天空無比晴朗，讓人感受到秋季的造訪。

太陽還高掛空中就已有些涼意，會想喝熱飲的季節。

從走道的窗戶往下望去，能見到許多人穿過校門後登上緩坡，宛如螞蟻入巢般一個個遭到校舍吞沒。

看來水星高中文化祭今年依舊吸引到許多訪客。

學生們也都有些浮躁，校園各個角落不時傳出平常聽不到的歡呼與喝采。

陌生的他校制服隨處可見，還有些訪客看似監護人。偶爾會有小孩尖叫著跑來跑去被父母警告。

突然，一對牽著手走在一起的男女映入我的眼裡。

兩人與我素昧平生。儘管如此，他們互相依偎的幸福模樣，卻不可思議地令人無法挪開目光。

像那樣光明正大地在人前牽手，果然還是要情侶才行吧。

在外人面前，我們實在不適合做出那種行為。我是這麼想的。

我腦中浮現一名女性的身影。

綾瀨沙季——我的妹妹……不，義妹。

四個月前。由於彼此的父母再婚，所以我——淺村悠太與綾瀨沙季成了兄妹。

和生母的種種導致我對女性這種生物沒什麼期待，綾瀨同學也因為類似經歷而在待人接物上表現得很冷淡，即使如此，我們依舊珍惜離異後願意養育自己的父母，所以我和綾瀨同學反覆磨合，試著扮演好家人——也就是兄妹的角色。

然而，我開始將綾瀨同學當成一位女性看待……

九月底，我和她將這份感情互相磨合。

雖然彼此的共識尚未到達明確的情侶關係，不過允許「感情特別要好的兄妹會這麼做，但不能光明正大地做給別人看」的肢體接觸——我們同意繼續這種奇妙的祕密生活。

一起逛文化祭，而且是牽著手逛。

若是情侶就能光明正大地來，但以我和綾瀨同學目前的關係來說應該不行吧。至少，不能在人前這麼做。

我和綾瀨同學是兄妹一事，就算曝光也無所謂了。三方面談時，我們已經有了結論——如果會對雙親造成負擔，還不如不隱瞞。

但是，正因如此，更不能讓人家把我們看成情侶。

因為兄妹不能當情侶。

雖然以法律上來說，只要沒血緣，就算結婚似乎也不成問題，然而世人的偏見與法律無關。那些不會去弄清楚法律細節也不需要特地為我們去學的人，大概會把我們當成「雖然不太清楚但好像有觸犯禁忌的兩人」吧。光想像就很麻煩，我希望能避免這種情況。

在販賣瓶裝飲料的班級買了咖啡與紅茶（都是熱的）之後，我快步離開喧鬧的走廊。

目的地是特別教室棟的頂樓邊緣。門外的逃生梯。

那裡有個女學生百無聊賴地坐著。

綾瀨同學。

「我買來嘍，綾瀨同學。」

「謝謝。」

之所以在逃生梯最高處，是因為這邊離文化祭的熱鬧區域最遠，幾乎不會有人通行，很難被看見。

指定在這裡碰面，算是很自然的發展吧。

我將紅茶遞給綾瀨同學，在她旁邊坐下。

「如何？」

「如何……是指？」

「文化祭，玩得開心嗎？」

聽到我這一問，綾瀨同學皺起眉頭陷入沉思。需要苦思到這種程度嗎？

「這個嘛，我想應該算開心。淺村同學呢？」

綾瀨同學將問題扔回來。

啊……這次也是。

「嗯？怎麼了嗎？」

「喔，不……沒什麼。」

綾瀨同學對我的稱呼，不知不覺間又從「哥哥」變回「淺村同學」了。最近她只在家人前喊我「哥哥」。

「我……應該也算開心。」

雖然我不喜歡人擠人又討厭喧鬧，卻不太排斥這種慶典氣氛。

「有發現什麼有趣的攤位嗎？」

「呃……好像完全沒有。」

「這樣啊。」

「啊，不過這是我的問題。我想只是因為我不懂享受的方式。」

「享受的方式？」

「呃……類似感性吧。」

「喔～？」

對於我的含糊其詞，綾瀨同學似乎不太能接受。

之所以會這樣，是因為途中見到的占卜、鬼屋、撈金魚，我覺得若是和朋友或情人一起參與，應該能得到數倍的樂趣。

只不過把這種話說出口，就等於是在責備綾瀨同學。

關於「一起逛文化祭以兄妹來說究竟合不合理」，我們事前商量、磨合過，最後才決定像這樣只在沒有他人目光的地方聊天。

實際上，我也接受這個結論。

只不過，一個人逛文化祭沒什麼樂趣。

「綾瀨同學呢？」

我在直覺敏銳的她猜到之前拋出問題。

「那邊的——」

綾瀨同學指向操場一角。在一圈四百公尺的跑道角落搭起了臨時的舞台與觀眾席，大型擴音器正在播放音樂。由於地點不在室內，甚至連屋頂都沒有，所以部分聲音會飄向空中，讓演奏少了點味道。不過高中文化祭做到這樣大概是極限了吧。

「樂團演奏？」

「對。班上同學組了個什麼……視覺系樂團？我剛剛有陪想看的同學過去。」

「喔？我雖然有聽過，但是不太熟啊。」

我只會想到「打扮得非常誇張的樂團」。

綾瀨同學為我解釋。

據說是她用相同問題去問班上同學得到的答案。同學告訴她，視覺系樂團除了音樂外，還要在演奏者外表下工夫以建立世界觀……的樣子。班上那些參與演奏的男生，都是一身誇張裝扮還化了妝的帥哥，甚至有不少為他們而來的別校女生——原來如此。化妝啦穿著啦髮型啦，都是我不怎麼擅長的領域，對於那些做得到的人，我由衷地感到佩服。登台表演我可是絕對辦不到。

哎，長得不帥又不會演奏樂器的我，也不需要擔心這些就是了。

「這麼說來，妳沒被拖去參加班上的攤位嗎？話說，你們班是擺什麼啊？」

「女僕咖啡廳。」

「女……」

實在不像會出自綾瀨同學口中的詞彙。

「是真綾的提案就是了。」

「喔……」

「她一說出來，大家就會跟著起鬨。」

「我想也是。」

綾瀨同學的友人奈良坂真綾同學社交能力很強。別說班上了，她可以說是校內的風雲人物。

「啊，那麼，丸之後說不定會過去。」

「淺村同學的那位朋友？」

「對。今年不知道為什麼有很多別出心裁的咖啡廳對吧？那傢伙說機會難得，打算逛遍每一間概念咖啡廳。」

綾瀨同學傻眼地張大了嘴，接著她問：

「他那麼想去？」

「哎，因為平時體驗不到嘛。」

然後，我腦中隱隱浮現綾瀨同學穿上維多利亞式女僕裝說「歡迎回家，主人」的模樣，有點想看。

「我才不會做那種事。」

「啊，是。」

寫在臉上了嗎？

「我的工作只有準備，而且今天之前就已經結束了。」

「辛苦了。」

嗯……有點遺憾就是了。

「那種需要和顏悅色的服務業，我應該辦不到吧。」

綾瀨同學說道。

「辦不到？」

「應該說……不擅長？」

「喔。」

「領了報酬，理所當然該好好接待客人。只是對我來說很難而已。」

「原來如此。」

從綾瀨同學在書店打工的情況來看，她絕非會給客人臭臉看的那種人。硬要說的話就是「普通地應對」。所以應該是指她不擅長用看起來比較親密的方式對待顧客吧。

嗯，確實很難想像綾瀨同學把畫著愛心的蛋包飯端上桌。

太過親密的應對……是嗎？

距離很近……像是情侶之間的距離感？

只不過，我也不曉得那種距離感究竟是什麼樣子……

影子落在逃生梯上。

雲遮住了太陽。一陷入影子世界，秋風滑過肌膚，寒意便令人不禁發抖。

坐在我旁邊的綾瀨同學也抖了一下。

「差不多該走了？」

「還可以再一會兒。」

已經抬起的屁股，聽到這句話之後又坐了回去。

說實話，我也希望再持續這樣一陣子。綾瀨同學的小手就擺在旁邊。她看起來會冷，讓我想把手疊上去溫暖她。可是，這樣好嗎？

就在我思考時，綾瀨同學的手已經挪開。她捧起紅茶的瓶子。

「不過，好像還是有點冷呢。」

「要是今天能暖一點就好了。」

我恨恨地仰望天空。

「天氣很冷，不用勉強沒關係喔？」

「沒事啦。」

說著，綾瀨同學把身子挪了一點點，縮短距離。我也一樣把肩膀靠過去。好像要碰到卻又沒碰到的距離。彷彿能感受到綾瀨同學的體溫。

突然，我想起九月底，綾瀨同學主動抱住我的事。

彼此的熱度，或許在那一刻感受得更為清楚。

一想起那件事，熱度自然地往臉頰集中。不過，當時那種被暖意包覆的感覺，如今已然模糊。而且，此後我和綾瀨同學便不再有那種肢體接觸。

那個擁抱是為了撫平我的不安，不是隨時都能輕易做的。這點我也明白。

好像有戀愛感情，但也可能並非這麼一回事，只能確定對彼此有好感——雖說經過一番這樣的磨合，但是若要問和以前有什麼不同，倒也沒有太大的改變。只是互相坦承「心裡想著對方」而已。

不過——之所以沒有進一步的肢體接觸，也是因為現在這樣就能滿足。

坦白自己的心意，對方也接納了這份心意。能夠確認這點比什麼都重要，碰觸不過是表現心意的手段之一——我是這麼想的。

然而，心底的某個角落，卻也有「雖然沒說要做到牽手的地步，但還是希望能有更多時間待在一起」的感覺……

要不要試著邀她一起出去玩呢？

不過，綾瀨同學真的希望我邀她嗎？

最近我偶爾會冒出這種念頭。

不──慢著，這樣行嗎？像這樣自己悶著頭想，不對吧？

擅自認定自己讀出對方的心思、又期待對方讀出自己的心思，我們不是最討厭這種自私的交流方式嗎？

老實磨合就好──我修改想法，下了這個結論。

「天空好高啊。」

綾瀨同學望著遠方的天空說道。

「因為是秋天嘛。」

「也對。已經是秋天了……」

「吹的風這麼冷，也會讓人覺得很快就要入冬呢。」

「再怎麼說也未免太早了點。」

「呃，所以我的意思是啊，如果再冷下去就不太會想外出了──對吧？」

講到這裡，聰慧的綾瀨同學似乎已經猜到我想講什麼。不過，我沒有就此打住，而是把話講到最後。要磨合。

「是不是改天找時間一起去哪裡玩……我是這麼想的。」

在得到回應之前的數秒，我的心跳應該非常誇張。

綾瀨同學的表情有了微妙變化。她的臉看起來稍微——真的只是稍微——鬆了口氣，或者說高興。

「嗯。」

她輕輕點頭。

這讓我安心地吐了口氣。肩膀的力道頓時放鬆，心情輕鬆不少。

我不禁想……

若是一般的高中男女——

應該會在文化祭打得火熱吧？

像是一起在校舍裡到處逛，製造回憶。

儘管如此，我們卻躲在這種地方悄悄見面，連手也沒牽，就只是坐在一起，把「希望改天一起出去玩」的心情拿出來磨合。

半吊子又生硬的關係。

連距離愛情和親情哪邊比較近都不清楚。

不過，依舊有些事能夠肯定。

像這樣，在遠離喧囂的安靜逃生梯，沒什麼特別的對話，就只是待在一起，對我來說是一段無比愜意的時光。

如果綾瀨同學也和我一樣，還會有什麼更幸福的事嗎？

雲朵移動，陽光回歸。

在暖意舒緩了緊繃身體的那一刻，我和綾瀨同學才終於站起身，錯開時間走下逃生梯。

在那之後，直到宣告結束的校內廣播響起為止，我們沒有再碰面。

我和綾瀨同學的文化祭，就在沒有發生任何特殊事件的情況下結束。

10月19日（星期一）　淺村悠太

一週之始的早晨。上午七點。
醒來後，我發現ＬＩＮＥ難得地有未讀訊息。
我解除手機的休眠模式，觀看訊息內容。
——奈良坂同學？
收訊時間是上午兩點七分——咦，兩點之後？
「她還真晚睡啊……」
若是拖到這種時間才睡，我可不認為自己早上爬得起來。
而且，說起她在這種深夜時分傳來的訊息——
『來自真綾的重要通知』
不得了！即將到來的21日竟是奈良坂真綾誕生在地球世界上的日子！

因此要舉辦慶生會！

由於是突然邀約，不用在乎什麼禮物！

還請務必蒞臨！

呃，換句話說是邀請我參加派對的意思嗎？

話又說回來，自己的慶生會是自己舉辦的嗎？好像很少聽說主辦人還要身兼主賓耶。不過嘛，說穿了我沒舉辦過慶生會，所以沒辦法肯定就是了……也沒人邀過我。

可是，我和奈良坂同學算不上多親近的朋友。

和奈良坂同學交情很好的是綾瀨同學。

而且到目前為止，我們見面的次數應該數得出來才對。為什麼要找我這種朋友的朋友參加慶生會啊？

對於我這個疑問的答案，寫在訊息最後面。

沙季也會來喔。

10月19日（星期一）　淺村悠太

看見綾瀨同學的名字，我的心跳微微加快。

……咦，為什麼要在這時候特地強調這一點？難不成她已經發現我和綾瀨同學的關係有所改變……

不，冷靜下來。奈良坂同學在泳池那次也因為我是綾瀨同學的哥哥而找上我。她看起來是那種聊過一次就會把別人當朋友的人，或許沒有其他意思。

但是——我進一步思索。

「應該還會有很多人來吧……就像泳池那次一樣。」

我想起那些幾乎都是初次見面的同學。

有奈良坂同學與綾瀨同學班上的人，也有許多從其他地方召集的人。若要舉出共通點，頂多就是大家都會積極與別人交流。除了我。

一想像起我所不知道的綾瀨同學交友關係，胸口便久違地有種鬱悶感。

嫉妒，是嗎？

真丟臉。這份感情應該早在磨合的那天就已整理好才對，卻還是冒了出來。不過，在萌芽瞬間便有所自覺並且立刻摘除，就這部分來看我應該算是有所成長吧。

雖然說，我不知道該如何面對以前那個和綾瀨同學一起出現在便利商店的男生新庄，不過基本上，只要像泳池那次一樣，宛如空氣般輕輕帶過，應該就能撐過去吧。

想到這裡，我突然注意到某件事。

「不，慢著。」

真的和泳池那次一樣嗎？

我盯著奈良坂同學的ＬＩＮＥ訊息，尋找突兀感的真面目。

那一次，奈良坂同學大概是體恤某個參加者，寫明了參加者都要穿制服。但是這次完全沒有那一類的記述。

而且，還有另一點讓我介意。

水星高中在都內是升學名校，生活指導也相當嚴格，攜帶與課業無關的東西進學校風險很大。雖然寫著不用在乎禮物，但這種時候一般來說都會送些什麼，照理說參加者必然要先回家一趟再前往奈良坂家。

「這也就是說……」

這一次，每位參加者都要先換上便服。這種發展的機率相當高。

要是只有我一個人穿著制服過去會顯得格格不入。幸好有注意到。

就在鬆了口氣時，我又看見訊息最後的記述。

10月19日（星期一）　淺村悠太

『葛格也要和沙季一起好好打扮過再來喔。』

看來穿便服是正解。

話又說回來，總覺得門檻突然變得有夠高。原本以為不是制服就行，她卻說要好好打扮。

這條件未免太困難啦，奈良坂同學。

我自認是普通的一般高中生，但是在時尚方面似乎屬於不太注重的那邊。

我從不曾像綾瀨同學那樣把穿著打扮當成武裝。這也是理所當然的，真要說起來我根本沒想過要把日常生活當成戰場，當然也就不會在意什麼武裝的必要性。

不過，現在我或許多少能理解一點。

想到慶生會可能到場的其他學生，令我擔心穿著土氣難看的便服到場會顯得很尷尬。沒穿鎧甲上戰場的新兵，大概就是這種感覺吧。

明明沒有要和別人競爭，也不是去作戰。但一想到打扮時髦的綾瀨同學在場如魚得水，只有我黯然失色、格格不入，就讓人坐立難安。

時尚啊。

總而言之，先拿本時尚雜誌翻翻吧。

所謂知彼知己，百戰不殆。

我讓從早上就轉個不停的思緒冷靜下來，總之先用「我找綾瀨同學商量看看」回覆奈良坂同學。

雖然隱隱有種行動都在奈良坂同學預料之中的感覺。

梳洗更衣完畢後到了餐廳，我有點訝異。沒看見綾瀨同學的身影。

該不會睡過頭了吧？

只有看起來很閒的老爸坐在餐桌旁。

「還沒吃嗎？」

「我不確定該不該先吃啊。」

「原來如此。」

話雖如此，但老爸應該是不忍心把還在睡的綾瀨同學叫醒吧。仔細一看，飯已經盛好，配菜也擺在桌上。

「不過嘛，再不吃恐怕就要來不及了。」

「老爸還在忙？」

「嗯？喔……是啊。嗯，應該算是好很多了吧。」

大約從入秋那時起，老爸就變得很忙碌，最近也常因為加班而晚歸。亞季子小姐偶爾會私下表示擔心。雖然待在家裡時他還是老樣子，不會表現出工作辛苦的模樣。

「要我熱一下味噌湯嗎？」

「已經熱過，盛出來就行嘍。」

「了解。」

我稍微加熱了一下之後，將味噌湯盛進碗裡，放到老爸面前。

「喔，謝謝。」

然後，綾瀨同學事先準備好的早餐菜色是……嗯，火腿、納豆，以及烤海苔啊。還有，小缽裡綠色的東西是涼拌菠菜，但白色的是什麼？魩仔魚？

定睛一看，老爸把納豆和魩仔魚倒在一起，加了高湯醬油開始拌。

呃，也就是「魩仔魚拌納豆」？

「喔？原來是這樣吃的啊。」

「嗯，亞季子常常幫我做喔。這道菜明明這麼簡單，為什麼我以前都不會自己做呢——我不禁會這麼想。」

那還用說？因為自己一個人吃得高興對老爸來說沒意義。

老爸將魩仔魚拌納豆放到熱騰騰的白飯上，大口吃了起來。

也不知是因為工作忙碌還是味道很好，他吃得很快。

「黏稠的納豆和魩仔魚的清爽口感在嘴裡搭配得恰到好處，很好吃喔。還可以加一點紫蘇進去。用金針菇代替納豆也不錯。」

他開始講些類似料理節目內容的東西。

不過，如果老爸沒和亞季子小姐結婚，碰上工作忙碌的早晨時，恐怕只會把生蛋放到白飯上再淋點醬油打發掉吧。

「之後我也試試看好了。」

不過——看著打算快速解決早飯的老爸，我突然有個念頭。

「老爸。」

「嗯？」

「啊，邊吃邊聽就好。老爸你會在意自己站在亞季子小姐旁邊時的穿著嗎？」

「這話是什麼意思？」

「呃……你想想看，亞季子小姐總是打扮得很時髦吧。然後，老爸你——」

「不過，我也還算帥？」

「這種話你在兒子面前居然講得出口啊？」

吐槽之後，他微微一笑。

「和亞季子交往後雖說多少有點改變，不過嘛，真要說起來我可是個平均水準的上班族喔？」

再怎麼樣也只是平均吧——身為兒子不得不吐槽他。

「老實說，我沒有特地打扮。頂多就是做到身為成年人的基本禮儀吧。」

「喔？」

「如果是亞季子那種職業就另當別論，但我只要看起來整潔就行了嘛。」

根據老爸的說法，生意人對於外表的注重與否，和性方面的魅力似乎是不同標準，如今他依舊會意識到前者，但後者他應該已經不需要在意了——他小聲地告訴我這些。

我也有試著問他：「你不在意亞季子小姐周圍的其他男性嗎？」老爸停下筷子，沉思了一會兒。

「嗯～不太會去管耶。確實，學生時代會意識到心儀對象的交友關係或者其他男性，但是出了社會之後，不知不覺間就變得不再介意了。」

「出了社會，也就是成為大人之後？」
「對。或者該說，開始工作之後，在意的地方就不一樣了。畢竟就工作性質而言，我賺多少錢並不是由我的穿著打扮來決定的。」
「喔，所以才說會以生意人的角度注意外表？」
「別看我這樣，好歹我也跑過業務喔？還有呢，沒力氣去在乎老實說也是原因之一吧。」
「啊——」
對喔。
小時候從沒意識過這點，不過上高中後漸漸開始感受到了。雖然他是個會用生雞蛋拌飯打發掉自己早餐的老爸，但是我長到這個年紀從來不曾在生活上感到拘束或不便。
能夠維持這種狀態，代表老爸很厲害。
儘管在家時就像這樣，看起來很沒用。
「學生時代就另當別論嘍，沒辦法不意識到周圍男性的穿著。想想看，所謂的男女同校，就代表同一個空間裡擠了許多年紀正適合戀愛的男女對吧。應該是那個環境讓人如此吧。」

說是這麼說……

「真的是這樣嗎？」

「不是嗎？悠太也是吧？」

「天曉得……」

我給了個曖昧的回應後，老爸擔心地嘆了口氣。

該不會連老爸都覺得我對流行之類的東西很遲鈍？

長大就會改變……是嗎？老爸說的是真是假，沒當過大人的我實在無法判斷。

「不過嘛，如果亞季子是公司同事，說不定我會為了比其他男性搶眼而穿得光鮮亮麗呢。」

「幸好不用看見那樣的老爸。」

老爸就在閒扯之間吃完了早飯。

「我吃飽了。」

「我來洗，放著就好。」

「謝了。那我走啦。」

說完，老爸便匆匆走出家門，趕往公司。

我看向牆上的鐘確認時間。

已經到了再不起床會不太妙的時刻。我決定試著從門外喊喊看，於是走向綾瀨同學的房間。

眼前的門猛然開啟。

慌慌張張衝出來的綾瀨同學，在我面前停住。就像按下暫停的影片一樣靜止了數秒。頭髮有些翹，是她搬來這個家以後從沒暴露在我面前過的狀態，身上也還穿著睡衣。

重新動起來的綾瀨同學，快步衝進洗手間。門就像要彈開我的視線般「磅」一聲關了起來。

「呃……」

感覺我的心跳會比剛起床模樣被看見的綾瀨同學還要快。

她剛睡醒的模樣，共同生活至今可說是第一次看見。心跳加快的同時，我也再次為她平常的無懈可擊感到驚訝，住在一起這麼久，居然今天才第一次碰上。

既然已經醒了就沒問題吧。

「……早餐，如果吐司可以我就幫妳烤嘍。」

短暫的沉默過後，得到了回應。

「抱歉。謝謝。」

我走到廚房。

把吐司放進烤麵包機後設定時間。接著打開ＩＨ爐的電源加熱味噌湯，再從冰箱拿出火腿片補到盤子上。

洗手間的門打開，綾瀨同學衝了出來，然後又跑回自己房間。我故意轉過身不去看。畢竟她大概也不希望被看見。

我拿出熱騰騰的吐司放到盤子上，擺在綾瀨同學的座位前。味噌湯也在沸騰前停止加熱，盛到碗裡。如果早餐想要時髦一點，吐司或許該配西式湯品，但是這麼做味噌湯會多出來，所以得請她忍一下。反正家庭料理基本上沒有國籍，都是自由發揮嘛。

順帶一提，根據我觀察的結果，綾瀨同學早上不吃納豆，雖然不曉得是出於女生的堅持還是個人的喜好。所以我沒把冰箱的納豆拿出來。

準備完畢。差不多就在同一時間，換好衣服的綾瀨同學走出房間，坐到椅子上。一如往常的完美武裝，令我不禁在內心鼓掌。真不愧是她。

「謝謝。抱歉，全都丟給你了。」

「這點小事，算不上什麼啦。何況真要說起來，這些全都是妳昨天準備好的。這樣夠嗎？要不要再拿點什麼出來？」

我瞄了冰箱一眼，試著問道。

「夠了。真的很抱歉。」

「哪裡哪裡。不過還真稀奇呢。」

「昨晚，我和真綾講了很久的電話。太晚睡了。」

綾瀨同學這幾句話，讓我想到ＬＩＮＥ的訊息。於是我開口問：

「這麼說來，我接到奈良坂同學的ＬＩＮＥ。有些事想問一下。」

「啊……嗯。」

「慶生會，該怎麼辦？」

我問的時候沒多想，但是就在這個瞬間，綾瀨同學停下了動作。筷子上明明還夾著涼拌菠菜，不知為何送到嘴邊的卻是吐司。她似乎在咬下去之前發現了這件事，於是將菠菜擺到吐司上，又放了片海苔才吃起來。

我還在想這吃法真罕見，卻發現她咬下去之後露出奇怪的表情。

看樣子她沒注意到。

「……問我怎麼辦……機會難得，我是想幫她慶生啦。淺村同學呢？」

「如果不會打擾到他們，我倒是願意參加。不過妳想想，我對奈良坂同學了解不多嘛，雖然她說不用禮物，但是兩手空空造訪實在很沒常識對吧？」

「啊，嗯。說的也對。不過嘛，大家都是高中生，應該不需要送太貴重的禮物就是了。」

「這樣啊。可是這麼一來，要送什麼就讓人有點頭痛了呢。畢竟我從來沒送禮給女生過。」

「原來沒有啊？」

「沒有耶。」

「這樣啊。沒有是嗎？那就不得已了。呃……要去買禮物嗎？」

「是啊。啊，不過——」

我一邊說一邊泡茶。我也用眼神詢問綾瀨同學「要喝嗎？」但是她搖了搖頭，看樣子是不要。哎，吐司和綠茶畢竟還是不太合吧。我悠哉地喝茶，決定慢慢等她吃完。

每個人習慣不同。但以我來說，除非餐桌已經擺滿，否則只要還有人在吃，我就不會去收碗盤。因為這樣可能會讓人家覺得我在催他，吃起來恐怕就沒那麼香了。嗯，只是種無關緊要的堅持。

「——如果我們在附近買，說不定會被學校的人看見。」

「啊，嗯。兩個人一起買東西，不太適合被人家看見……是嗎？」

這個問題，也就是「兄妹有沒有可能這麼做」的意思。

我思考一下之後，給了回答：

「如果是感情很好的兄妹，應該很普通。」

「我想也是。只不過，我……不太想被看到耶。」

綾瀨同學講到這裡，吞吞吐吐地繼續說下去：

「那個……難得出門一趟。我不想去管『別人的目光』那種多餘的事。」

「啊……確實，妳說的或許沒錯。」

先不論能不能稱之為「約會」，這畢竟是兩人獨處的時間。

我也希望盡可能輕鬆一點。

「那麼，明天放學後去遠一點的地方吧。畢竟今天有打工，應該沒辦法。」

「嗯。」

對於我的提議，啃著吐司邊的綾瀨同學輕輕點頭。

若是平常，她會早早吃完比我先離家，像這樣只有我們兩個的早餐時間，機會意外地少。能利用這段時間和她商量真是太好了。

要感謝綾瀨同學少見地睡過頭。

「文化祭時的事，還記得嗎？」

綾瀨同學說道。

「當然。」

我們當時約好，要一起出去玩。

看樣子機會來得比想像的還要早。

10月19日（星期一）　淺村悠太

週一早晨。

班會後的教室，充滿一週又要開始而造成的慵懶，以及試圖彌補六日沒講到話的熱烈對談，兩者撞在一起令人感覺一片混沌。

順帶一提，我是屬於散發慵懶氣息的那一邊。真虧大家有那麼多話能聊呢。

「一大早就這麼累啊，淺村。」

在我前面一屁股坐下的丸友和向我搭話。這傢伙個子比我大上一圈，有種熊突然冒出來的壓迫感。

「丸啊。大家還真有精神呢。」

「幹嘛講話像老頭子一樣。」

「早上有點趕。」

由於一路上東想西想，最後我落得要全力從鞋櫃衝到教室的下場。

「抱歉挑到你疲憊的時候，可以談些會讓你更累的話題嗎？」

「什麼啊？」

「某個像是你的跟蹤狂的傢伙，一直跑過來煩我，說是希望可以有個機會和你說話。」

「這回又是受到什麼漫畫影響啦？」

「別想當成笑話帶過。我是講真的啦，真的。」

「就算你說是真的……我也想不到會有什麼人跑來跟蹤我耶。」

我在學校認識的學生有限。除了丸以外，頂多就是綾瀨同學，以及被奈良坂同學邀去泳池的那些人。

結果連思考是誰都不用，答案很快就出爐了。丸向走廊輕輕舉手，那個在教室入口等待的學生便帶著爽朗的笑容小跑步接近。

「謝謝你，友和，多虧你幫忙牽線……嗯，好久不見了，淺村同學。」

「咦？啊……好久不見。」

雖然反應有點慢，但我終究算是有來得及和對方打招呼。

這個將短髮染成明亮顏色，看起來很聰明的運動型男生，叫做新庄圭介。

暑假一起去泳池的成員之一，先前看見他和綾瀨同學待在一起，讓我坐立難安的人。為了避免我單方面對他抱持的尷尬心理曝光，必須謹言慎行。

「為了和淺村你打好關係，這傢伙好像花了很多心力在調查你的人際關係喔。很噁心的男人對吧？真是的。」

「原來是這樣啊。又不是沒見過面，直接找我就好啦。」

「因為和淺村同學不熟嘛。我怕一口氣縮短距離會讓人排斥。」

「然後呢，他好像發現你我交情不錯，於是就來找我當中間人啦。」

丸無奈地說道。

這麼說來，新庄同學剛剛喊了「友和」，也就是用名字稱呼丸。

「你們交情很好？」

「倒也沒那麼深厚，不過國中是讀同一間。大家都是運動社團的人，偶爾會交換情報。」

「喔，在出人意料的地方搭上了線呢。」

我是真的有點驚訝。

在不同場合分別結識的兩人其實互相認識，感覺就像在讀推理小說，讓人有種把拼圖放到正確位置上的感覺。類似於現實中的伏筆回收吧。

「不過，你不惜做到這種地步也要和我聊的話題是？」

我詢問新庄同學。

老實說，我毫無頭緒。

「喔。關於這件事……可以靠近一點嗎？」

說完，新庄同學蹲下來，讓視線和我齊平，並且招手要我和丸把臉湊過去。也就是想在吵吵鬧鬧的教室裡三人講悄悄話。

新庄同學小聲說道：

「友和既然和淺村同學交情好，應該知道吧？我們班綾瀨和淺村同學的事。」

「嗯……」

丸瞄了我一眼。大概是「讓這傢伙知道行嗎」的確認眼神。

我無言地點頭之後，丸說了聲「這樣啊」表示明白，對話繼續。

「當然知道。他們因為家長再婚成了兄妹……那又怎麼樣？」

「換句話說，淺村同學比任何人都了解綾瀨的事。」

「嗯，應該是吧。」

……咦？我對自己說出口的話感到驚訝。

剛剛那句不是真心話。

只不過住在同一個家裡，如果真的以為對綾瀨同學一清二楚，也未免過於傲慢和自以為是。畢竟，就連她不小心曝光的剛睡醒模樣，我也是今天早上才第一次看見。

即使如此，我依舊對新庄同學那句話表示肯定，大概是出於內在的膚淺對抗心理吧。

「我在想，如果更了解淺村同學，說不定也能因此更加理解綾瀨。」

「怎麼，新庄。你的目標是綾瀨啊？」

「嗯，哎……這個，就是這樣嘍。嗯。」

被丸直指核心的新庄同學，不好意思地抓了抓臉，老實地承認。
看見他的側臉，讓我覺得……啊，能光明正大說出自己的心意，真好。
不可思議之處在於，我先感受到的並非嫉妒，而是羨慕。
「唉～沒想到連你也是。放暑假之後真的變多了呢。不過嘛，她原本就長得很漂亮，知道那些謠言都是假的之後，會冒出一堆也是很合理吧。」
「拜託別把人家講得像蟲子一樣啦。」
「在哥哥眼裡，接近妹妹的男人只會是害蟲吧。是不是，淺村？那些看上妹妹才想和你打好關係的壞蛋，全都不可原諒對吧？」
「呃，不過，我這麼做不完全是因為有所企圖喔！企圖當然是有，可是該怎麼說呢？淺村同學能夠以家人的立場和那個綾瀨處得不錯，也讓我很好奇是個怎樣的人！」
「啊哈哈，不用辯解那麼多啦。」
新庄驚慌失措的模樣很有趣，讓我忍不住笑了出來。
實際上，我覺得這應該是他的真心話。
如果真為了什麼別的企圖才接近我，應該會想些別的藉口。
「如果只是在學校像這樣閒扯倒也無妨，隨時都可以來。」

「真的嗎……！謝謝你，淺村同學！」

「只限學校喔。我忙著打工，放學之後沒什麼時間出去玩。」

這麼說並不是為了避開他。實際上，我和丸也只有暑假被他帶去動漫精品店那次而已，最近在校外根本不會見到面。

「還有，加個『同學』讓人渾身不對勁，去掉吧。你都直接稱呼丸為『友和』了，只有我加上『同學』，總覺得有點怪怪的。」

「那麼，我就叫你悠太。」

「那麼，我就叫你新庄。」

「咦，這種時候應該用圭介吧？」

「能不能還是用姓氏稱呼你就好啊？我對丸也是這樣，因為不習慣用名字稱呼別人。」

「這樣啊……那麼用你喊起來比較方便的稱呼就行了。總之請多指教啦！」

「嗯。請多指教，不過，我可不可以順便問個問題啊？丸也回答一下。」

「當然，盡量問。只要是我答得出來的範圍，什麼問題都行。」

「多了個煩死人的傢伙啊……算啦，我就聽聽看吧，淺村。」

10月19日（星期一）　淺村悠太

算是順水推舟吧，外表打理得很乾淨的新庄，看起來應該對於時尚有所了解，或許能教教我。

雖然「問一個應該是喜歡綾瀨同學的男生這種事好嗎」的念頭瞬間閃過腦海，不過這是兩回事。排除成見之後，應該沒問題才對。

「假設你們有個很在意的女生，彼此是不是戀愛關係先擺一邊。現在有一場她也會參加的男女混合派對。嗯，這個對象呢，你們兩個自由想像就行了。」

「嗯，然後呢？」

「這場派對，你們會穿怎樣的服裝參加？是一如往常的裝扮嗎？還是穿得和平常不一樣？」

丸打開書包做第一節課的準備，同時「嗯～」地陷入沉思。

新庄也一本正經地思索。雖然先前和這人不太熟，但是看他對於這種問題沒有試圖敷衍而是認真地想，應該為人不錯。

「雖然不曉得會不會去買新衣，但至少應該會穿上手邊最好的衣服吧。」

「原來如此。」

聽起來相當注重穿著，感覺很有新庄的風格。

接著，丸也「說得有道理」地附議。

「我的看法也一樣。」

「咦，丸也是？」

「很奇怪嗎？」

「不，我原本以為如果是丸，搞不好會說『和平常一樣』。」

「我不會勉強自己。但是，我希望對方能明白我下過一番工夫。」

「希望對方明白？不是避免對方看出自己下過工夫？」

丸的回答讓我感到意外。

「這種事要看對象。如果是平常，大概就會像你說的那樣。我也認為，真正體貼的人，甚至不會讓人家曉得自己用心良苦。但是，這種場合另當別論。就和字面上一樣，TPO的O。Occasion——場合不同。」

「喜歡的女生有參加是重點。老實說，我倒覺得不去意識到這點才失禮。」

「沒錯，就像新庄說的。」

丸點點頭，繼續說下去：

「對於有好感的對象，讓對方知道自己下過一番工夫也很重要喔。鳥獸的求偶行為，也是表現給對方看的吧？」

「求、求偶……」

從丸嘴裡冒出的詞太令人意外，讓我瞬間不知該如何是好。接著丸就像算準了似的，奸笑著丟出言語炸彈。

「居然問這種春心蕩漾的問題，這回真的有喜歡的人了吧？」

而且不知為何，他看起來很開心。

「不，並不是這樣。只是有點好奇而已。」

「說吧。」

「沒什麼好說的。實際上，我真的沒什麼能說的啦。」

「所以呢，你是怎麼認識人家的？」

「就說了真的什麼也沒有……我只是想知道，你們對於時尚是怎麼看待的。」

「噗……哈哈，啊哈哈！悠太你真有意思呢。」

「咦？這有什麼好笑的嗎？」

新庄突然爆笑出聲，嚇了我一跳。

「因為你考慮得很認真嘛。和女孩子去玩的時候該穿怎樣的衣服才適合，這種我以前都沒認真想過的事，你卻仔細思索後把它說出來，感覺很有意思呢。」

「……難道你平常不會思考關於穿著的事？」

「完全沒有。聽到你這一問，試著思索之後，我才明白自己一直以來都是這樣想的——大概是這種感覺。」

相當新鮮喔——新庄笑著說道。

對我來說理所當然的行為，他似乎從來沒做過。反過來說，他無意間就具備的時尚感，我則必須刻意培養。

儘管令人覺得自己少了些東西，不過這或許就是所謂「外國的月亮比較圓」。

「順帶一提，新庄或許看起來穿得時髦，不過那是因為他作弊。」

「慢著，友和，關於這點——」

「作弊是指？」

「唔……」

新庄抓抓臉，尷尬地說道：

「啊，那個……我有個妹妹。她雖然才國中三年級，不過每次和家人出門買衣服的時候，只要我挑得不好，她就會說『老哥你眼光真爛』。」

「是你妹妹幫忙挑的？」

「對。她再怎麼說也是女生嘛，所以會從女孩子的角度幫我選衣服。老實說，這幫了我不少忙。」

「自己缺乏美感也沒關係，是嗎？原來如此，我都沒想過。」

「悠太如果在意穿著，也可以考慮找妹妹幫忙。」

「找綾瀨同學？不，這實在有點……」

「白痴啊？別把原本是同學的女生和出生以來就待在一起的妹妹相提並論。」

看見我不知所措，丸戳了戳新庄側腹這麼說道。

可能他沒怎麼留手吧，新庄有些痛苦地摀著側腹，讓話題繼續下去。

「這、這麼說也是……那要讓我妹看看嗎？」

「這就更讓人搞不懂了。」

他妹妹大概會覺得莫名其妙吧。

「不，女生意外地喜歡做這種事喔。她好像喜歡看我朋友的照片，對於網球社那些人的髮型啦服裝啦給了不少建議。」

「居、居然做到這種地步……啊～原來如此。」

國中時我就有感受到，有兄弟姊妹的人也常和學長姊學弟妹來往。

我以前還在想這是為什麼，原來那些溝通能力優秀又有兄弟姊妹的人，是這樣交流的啊。

說不定新庄周圍懂得穿衣服的男生之所以會多，並不是單純一群注重打扮的人意氣相投，而是因為他們會像這樣分享穿著打扮的情報與環境。

「其他人都會這麼做，悠太也完全ＯＫ喔。只要你用ＬＩＮＥ傳個照片過來，我馬上就能轉給我妹妹。」

「倒是沒有特別的預定就是了……這個嘛，有機會的話。」

「哎，臭男生的審美觀也就這樣啦。要不是處於容易注重穿著的環境，就是有某些理由逼自己拚命研究。若不是這樣，根本不可能學會啦。這種東西遲早會跟上，不需要和其他人比較之後感到焦慮。」

丸這麼開導我。

照理說他應該不知道任何具體的情報，卻像能讀心一樣給出精準的建議。真不愧是我可靠的摯友。

在丸面前或許還是避開有關綾瀨同學的話題比較好。這樣下去，感覺總有一天會被逼著坦白一切……

「喂，新庄，鐘響嘍。快點回去。回去！」

「糟糕，已經這個時間啦？」

最後，我們迅速地交換了彼此的ＬＩＮＥ。

「我聊得很開心。友和、悠太，我還會再來的！」

「不用勉強沒關係喔。」

「那再見啦。」

即使丸很沒禮貌地趕人，新庄依舊愉快地揮了揮手才走出教室。

我也很慶幸能和他聊聊。

原本以為彼此是不同人種，感覺卻意外地近。至於時尚，我決定別放棄，試著去留心一下。

10月19日（星期一）　淺村悠太

到了十月後半，天黑得很快。

放學後我沒回家，直接騎著自行車前往打工地點。

抵達書店時，太陽已經落到接近西方的地平線。今天的日落應該是五點左右。

嗯，畢竟再兩個月就冬至了嘛。

秋意已經相當濃，感覺很快就會吹起刺骨寒風。不穿厚毛衣騎車會很痛苦的時期即將到來。

我換好衣服走進辦公室，綾瀨同學和讀賣前輩都在。今天由我們三人當班。

「早安，後輩。」

率先回頭的讀賣前輩向我打招呼。

這位穿著土氣店員制服還圍上圍裙的打工前輩，只看外表是位有黑色長髮的和風美女。

「早——不早了吧。很快就是晚上嘍？已經到了不用說午安，可以說晚安的時間了，不是嗎？」

「這是業界用語啦，業界用語。」

「至少那個業界多半和書店業無關。所以，妳怎麼啦？」

「不要隨便打發掉人家啦。碰上大人的應對會讓大人很為難喔？嗚嗚～」

妳小孩子啊？

「我和沙季今天被任命為結帳人員。」

「啊……」

難怪綾瀨同學也是一臉不太情願的樣子。

我是不介意的那邊，但是一般來說，結帳在書店業務裡屬於比較麻煩的部分。畢竟近年的櫃檯業務很多。

綾瀨同學嘆了口氣後說道：

「結帳人員要記的事好多。」

「不過，沙季妳不是在頭兩週就幾乎都記住了嗎？」

「幾乎。偶爾還是會混亂。」

「了不起了不起。我花了大約三個月才習慣呢。而且，現在比我開始工作那時還要辛苦多了。」

「是這樣嗎？」

「因為付錢的方式變得多樣化嘛～除了刷卡之外，用手機App付款的客人也增加了。啊，不過之後好像會進那種一台能搞定刷卡和手機支付的機器喔。」

「喔，我們的店終於也要啦！」

值得高興。這下子結帳的步驟或許能大幅減少。

10月19日（星期一）　淺村悠太

「唉呀，雖然也有減少的就是了。現在反而幾乎看不到圖書禮券了對吧。」

綾瀨同學一臉疑惑。

「圖書禮券是什麼？」

「嘟喂？」

妳這聲音是從哪邊出來的啊前輩……

「哇～來啦來啦來啦～！這就是所謂的代溝啊！後輩，剛剛那句你有聽到嗎？看，這就是時下的女高中生喔。現代小孩降臨此地啦～」

「圖書禮券應該是職業造成的知識落差，和世代沒什麼關係……」

「啊，完蛋了。我終於也到了要被人家喊大媽的年代啦。嗚嗚嗚。」

「拜託不要只有嘴巴在哭。話說回來，我還是第一次看見這樣假哭的人。」

「不然這樣，嗚嗚嗚嗚嗚～」

變多了。

「呃？那個，所以說圖書禮券是？」

直到打工開始之前，我都在為綾瀨同學解釋「圖書禮券」這種前一個時代的結帳方式，然而她似乎還是不懂。

圖書禮券和文具禮券之類的商品券，或許已經變得很少見。畢竟連電話卡那類的磁卡也變少了。

我瞄了走進櫃檯的兩人一眼，隨即推著推車往書架移動，準備執行今天的清書架業務。

推車上擺了一個用來裝退書的空紙箱。我一手拿著退書清單，輕輕吐口氣打起精神。

「好啦……」

首先，就從比較大的開始吧。

整理的訣竅在於從大的做起。趁著不累、不膩的時候，把比較大的東西搞定，成就感也比較大，可以維持動力。

要是反過來從小地方一點點地弄，每單位時間的消化量感覺比較少，容易讓人失去幹勁。

書本裡比較占空間的，不管怎麼說都是大型雜誌。

我從堆在平台上的雜誌裡，將明天要進最新一期的拿走並裝進紙箱。

只剩一兩本的會從平放改為插進架上，所以需要注意。

看得見的部分剩下書背，確認會比較麻煩。

作業中，我一直看到男性時尚雜誌。大開本、紙質很高級，感覺會割到手——實際上，冬天偶爾會被割到——的彩色封面上頭，有個穿著時髦的男性擺出斜倚姿勢。

相同類別的書往往會將發售日訂在同一天。只不過偶然地明天是時尚雜誌進貨日而已。我想，過去我看見時尚雜誌的頻率大概也差不多，單純是以前都沒意識到罷了。

原來如此。現在流行這種衣服啊……雖然光用看的我還是不太了解。

這麼說來，這類雜誌會分成男性取向、女性取向，不過兩者的重點都放在是否受到異性歡迎嗎？還是說，與取悅異性無關，著重個人的美感？

正如身為男人的我從不曾覺得女性時尚雜誌上的奇怪髮型可愛，男性時尚雜誌的服裝也不見得會受到女性好評吧？

在學校聽了丸和新庄的男性觀點，不過我也想聽聽女性的觀點。

正好，讀賣前輩在。

必要的作業結束後，我歸還推車並轉往收銀台。

綾瀨同學一看見我走進櫃檯便起身。

「那麼，換我去整理書本嘍。」

說完，她匆匆走向賣場。怎麼有點見外？雖然擦身而過時她似乎看了我一眼……

似乎正值晚餐時間，店內開始變空了。

收銀台必然地跟著閒下來。也沒有客人排隊結帳。無所事事的收銀台，只有我和讀賣前輩兩人。所以，稍微閒聊一下應該也無妨吧。

「前輩，妳和綾瀨同學剛剛在聊什麼啊？」

「沒啊～什麼都沒有～」

「……那就算了。」

哎，追問也顯得很不識相。雖然一想到她們大概是在談論自己，就讓我有點坐立難安。

「嗯？怎麼啦，後輩？你的表情看起來像隻想睡覺的青蛙。」

「那是怎樣的表情啊？」

「『嗯啊～』的表情。」

讀賣前輩瞇起眼睛，略微伸出下巴將臉揚起，還像隻等待餵食的雛鳥一樣張開嘴巴。

……不懂。話說回來，我剛剛是這種表情嗎？

在步調完全被牽著走之前，我決定試著問問先前自己在意的事。

「呃……這是個假設。假設前輩交了男友，要和男友約會。」

「……呵呵。」

嗯？她為什麼笑了？

「那個……妳會希望男友盛裝打扮嗎？」

讀賣前輩手指抵著下巴，「嗯～」地看向天花板。用那種可愛動作噘著嘴望向虛空的她，看起來就像個普通的清純型美女大學生……為什麼會去模仿想睡覺的青蛙呢？

「要是男友打扮得太認真，應該會讓我壓力很大。」

「壓力嗎？」

換句話說，女生也需要下一番工夫，會很累的意思吧。

原來如此。

「哎，不過啊……」

「嗯？」

我的注意力被讀賣前輩的聲音拉回來。

「雖然說，不用打扮得很帥也沒關係，但是知道對方為自己下過一番工夫，應該還是會很高興吧。」

這句話令我吃了一驚。

今天早上，丸他們也講過同樣的話。讓對方知道自己下過一番工夫也很重要。

按照讀賣前輩的說法，原本不注重穿著的人，如果在和自己見面時好好打扮，會讓她感覺對方想讓自己見到好的一面，所以會很開心，甚至會覺得這麼做的男生「很可愛」。

「謝謝妳的指點。我明白了。不過我有個問題。『可愛』這種形容方式，算得上讚美嗎？」

「喔，你覺得不算？」

「就算聽到人家這麼說我，我大概也不會高興……」

「所謂的詞語呢，要連著文脈一起看才有意義喔，後輩。既然宣稱自己愛書，就得隨時考慮到這點才行！」

「文脈……原來如此。那麼，在剛剛的文脈裡，『可愛』是什麼意思？」

「尊！」

「會問妳的我真是個蠢蛋。」

「騙你的。那還用說嗎——」

看見有客人走向櫃檯，立刻變得一本正經，切換為接客模式的讀賣前輩，以不讓人反駁的速度說道：

「就是『愛你喔，你這個混蛋』的意思啦。」

真是佩服她能面不改色地講出這種會臉紅的台詞，講得這麼乾脆讓人連質疑都懶了。至少讀賣前輩是這麼想的吧。綾瀨同學會不會有相同反應很難講，而且大概還是會有女性反駁。

先保留一本時尚雜誌吧……

過了晚上十點，打工結束，我和綾瀨同學兩人走在回家路上。

我推著自行車，走在我旁邊的綾瀨同學搓著從冬裝衣袖露出來的手，看樣子是覺得冷。今天太陽下山之後，氣溫急速下降。

「沒戴手套嗎？」

「還早吧。畢竟還是十月。不過……今天有點冷。」

澀谷站前的街頭溫度計是攝氏九度。

確實，以這個時期來說冷過頭了。

「要去便利商店買些熱的東西嗎？」

「沒關係。馬上就到家了，這樣很浪費。」

「唔……嗯，也是。」

這種時候，以我和綾瀨同學的關係該做什麼才好呢？

想牽手，我的雙手又握著自行車的握把。這麼說來，以前讀過的漫畫裡有讓女生把手插進自己口袋的害羞發展，不過應該還是情侶才會想這麼做吧。

如果問我想不想做這種事，我大概會因為不好意思在人前這麼做而說不要。

這代表我對綾瀨同學的期望不是情人，而是義妹嗎？

——這份感情，真的是愛情嗎？

那天她問的問題，我依舊無法明確回答。

想著想著，我發現綾瀨同學已經把手放進她的冬裝口袋。

「怎麼了？」

「啊，沒有。」

總不能把自己剛剛想的說出來，所以我試著找藉口，同時小心翼翼地觀察綾瀨同學避免被發現——這麼說來。

「冬裝……」

「咦？」

「我們第一次見面時，已經是夏裝了嘛。冬裝感覺很新鮮。」

「很奇怪？」

「不，呃……很適合妳。」

綾瀨同學的身子稍微縮了一下，臉轉向前方。

「就算你誇我，我也不會給你什麼獎勵。」

「這是我發自內心的感想。」

「唉。這樣才是淺村同學嘛……」

這話是什麼意思啊？

「真期待明天放學後呢。」

「是啊。」

對話就此結束，我和綾瀨同學在到家之前都默默地走路。

彼此之間隔了段距離的路燈投下光亮，每當穿過燈光形成的圓圈，綾瀨同學的端正容顏便隱隱浮現。她挺直身子望向前方，我則是悄悄打量她的測臉。

好漂亮。

即使沒有對話，我也不介意。

這段從打工地點走回家的短暫時間，讓我感到無比幸福。

10月19日（星期一）　綾瀨沙季

時間過了星期一的0點。

注意到的時候，我已經滿腦子都在想那件事。文化祭那個算不上約定的約定。

兩個人一起去哪裡玩吧——我們確實這麼說好了。

從那個時候起，我就一直在想要去什麼地方、應該怎麼邀約、出去玩要做什麼才好。

但是，淺村同學彷彿忘了那個約定，對待我一如往常，令我像這樣感到不安。

該怎麼說，好像只有我一個人東想西想、小鹿亂撞……躺在床上輾轉難眠。啊真是的，照這樣下去又要睡眠不足了。

今天已經是星期一。起床後必須去學校。

我把被子拉到頭上，閉上眼睛。睡吧。就在我下定決心時，微小的來訊通知聲傳進耳裡。

「啊～真是的。」

不得已，我拿起手機一看，發現是真綾傳來的ＬＩＮＥ。

「她以為現在幾點啦……」

我一邊自言自語一邊開訊息看。

『睡不著～』

妳也是啊？

我嘆口氣，簡短地回應。

『去睡。』

『一開始思考，就停不下來了啦！我剛剛看影片，有人講了句奇怪的話。』

『……什麼話？』

『他說：「確實確認過了！」不是很奇怪嗎？因為，確實承認才叫確認吧？這就像是古老的以前啦、從馬上落馬啦。日語都亂套了啦～！』

不，談這個沒什麼意義吧。

『不過啊，我想了一下。既然如此，能不能換成「確實承認過了」呢？然後，總覺得這樣很奇怪……會讓人想講「確實確認過了」！』

這些就更沒意義了。

『去睡。』

『好過分～！和我一起想啦～！』

『真要說起來，為什麼會看影片看到這麼晚？』

我不小心這麼問之後，她就傳了一長串訊息解釋。

說穿了，真綾的ＬＩＮＥ總是很長。令人想質疑她為什麼要用手機打這麼長的文章。

簡單來說似乎是「看完想看的深夜動畫之後精神很好，不得已只好就這樣繼續看網路上的影片，結果精神更好了」。

別因為這樣就把朋友拖下水啦。

說穿了，最近絕大多數的動畫，都可以隨時在網路影音平台上收看。一再強調「時間不會被綁住嘍」的就是真綾自己吧。

為什麼需要在深夜看深夜動畫？

『雖然我也有訂閱網路影音服務，但還是想即時收看！此刻，這一瞬間，我和全世界的人一起看這部動畫、同時為它感動——這種感覺超～棒的！』

『別人感不感動妳也不知道吧？』

『啊～啊～啊～妳居然講這種話啊，沙季之介！在下看錯妳嘍！』

還沙季之介……

那是指誰啊？

『……啊，手指好痠。要抽筋了。』

她在搞什麼啊？

『如果還醒著，要不要直接通話？』

所以說別把人家拖下水……哎，我已經上床睡覺了耶。腦袋這麼想的同時，我卻想起自己正好有些事要問，於是傳「知道了」過去。傳過去的瞬間，來電鈴聲就響了。好快。看來她的手指就放在通話按鍵上吧。

「啊囉哈～沙季。」

「妳搬到夏威夷了嗎？」

「天氣變涼了，所以我想至少讓心情溫暖一點。」

「……要我掛斷嗎？」

「啊～不要不要！理我啦……話說回來啊。」

「怎樣？」

不要突然改變聲調。嚇我一跳。

「沙季啊，妳是不是有什麼話想對我說？」

「……啊？不，沒有啊。」

「真的～？沙季妳基本上是個我行我素的人呀，平常就算晚上打電話過去妳也幾乎都不會奉陪嘛。」

「唔……」

「我在想啊，是不是因為沙季妳也有話想說，才會答應通話的～」

「唉……幹嘛這麼敏銳啊？真是的。投降。」

我嘆了口氣。

原本打算自然地把話題引導過去，但是那種小把戲看來對這位耳聰目明的好友不管用。

「果然有啊。」

「呃，那個……只是假設喔。如果真綾你想和男生一起出去——」

「去哪裡？」

「呃。嗯，總之隨便哪裡都行，假設妳已經想到要去哪裡。」
「嗯。好，想到了。」
「要怎麼樣才能邀人家同行，又不會感覺很奇怪？」
「妳要和淺村同學出去？」
嗚！
「我、我沒有一個字提到淺村同學吧？」
「如果是其他人，沙季妳根本不會在意這種事嘛。只會像某個世界第一狙擊手的業務聯絡那樣冷靜地告訴對方，然後平淡而事務性地實行。」
「……現在我知道真綾妳都是怎麼看我的了。」
「會讓沙季妳在意邀約方式的對象，也沒有別人了吧？」
這種事……
「新庄看來已經被擊沉了，不管怎麼想都是淺村同學。」
「真綾，話先說在前面。假設喔，假設對方真的是淺村同學，我打算和他一起出去的理由也不是妳想像的那樣。」
「喔～？」

清楚表示她完全不相信的一聲「喔～？」

我不禁加重了握住手機的力道。

真綾儘管懷疑，卻還是說道：

「藉口很重要呢。如果不找個自然一點的理由，可能會讓人家提高警覺，擔心妳有什麼別的企圖。」

「沒什麼別的企圖啦。」

「喔～？」

「所以說——」

「既然沒有就更該自然了吧？畢竟妳也不希望對方拒絕嘛。」

「這……是這樣沒錯。」

要是被拒絕……我完全沒想過這種事。不過，也對。我為什麼沒考慮過這種可能性呢？淺村同學或許根本不想和我一起出門，因為在那之後他什麼也沒對我說。

怎麼辦？如果真的是這樣——

「比如說……妳在聽嗎？」

「啊，嗯。當然。」

「這裡有個叫奈良坂真綾的女孩，後天要過生日。」

「啊，生日快樂。」

「太隨便了！太快了！」

「留到當天再說比較好嗎？」

「這倒是沒差啦。然後呢，我覺得妳就用『為奈良坂真綾慶生』的名義，和他一起去買禮物就好。」

「生日派對？妳準備要辦？」

「沒有啊。正確說來應該是『本來沒有』吧。為了當沙季你們的藉口，我決定辦個慶生會。」

「會不會太誇張了？」

「不誇張。因為來賓只有沙季妳和淺村同學嘛。」

那已經不能說是慶生「會」了吧。這和兩個人去真綾家玩有什麼差別？

「所以才好啊。這樣就不需要緊張了吧？而且把它當成一起出門的藉口也不會太勉強！」

原來如此。

確實，真綾已經來家裡玩過好幾次，如果說是她的慶生會，對淺村同學來說門檻應該不會太高吧。

「不過這樣好嗎？」

「什麼好不好？」

真綾和我不一樣，在班上很受歡迎。如果她要辦慶生會，別說班上同學，恐怕全校各個班級都會有人跑來參加。要是她說每年都辦慶生會，搞不好還比較有說服力。

我這麼一問之後，她表示因為自己家沒辦法招待所有人，到頭來必然要拒絕某些人。而她不希望如此。她說，與其變成這樣不如不辦。她不是單純朋友多，還會考慮到每個人。未免太完美了吧？

「不過，既然這回能在自己低調支持的沙季妳和淺村同學背後推上一把，我就想辦了～」

「所以就說不是這樣了啦。」

「那麼，待會兒我傳個邀請淺村同學的訊息過去喔～啊，只找你們兩個這件事先保密。這是當天的驚喜。」

她這麼一說之後我確認時間，發現已經兩點。

沒被棉被蓋住的肩膀早已冷透了。

「啊，居然聊到這種時間……這麼晚才睡，明天要是遲到該怎麼辦？」

「我只要睡三小時就能完全恢復所以沒問題！」

「會不會太少？」

「擔心我嗎？沒問題啦。我會睡足六小時的。」

妳要什麼時候睡啊？

「我就有點……我想盡可能比淺村同學早起，先打理好儀容。」

「不要只展現完美的一面。稍微露出點破綻，說不定人家會說妳可愛喔～」

「這種事——」

我想起文化祭那時。我不太擅長展現可愛之處。

「嗯，懂是懂啦……」

「喔！妳變老實了呢，沙季季。」

所以那究竟是誰啊？

「聽說，男生就喜歡這種意外性。」

「原來如此，妳是聽誰說的呀～啊，對了。既然這樣，當天記得先回家換衣服。」

「特地多跑一趟？明明只有我們耶？」

「意外性啦，意外性！這樣就能連續約會兩天了吧！」

單純只是真綾的慶生會吧？啊真是的。

「……我要睡了。」

「好～晚安～」

道過晚安之後，我切斷通話。

真綾老是愛調侃我。真是的。

不過，「破綻」嗎？要讓人家說自己可愛，也會需要這種東西嗎……

不不不，還是想清楚比較好喔，綾瀨沙季。即使是這樣，也不能故意暴露自己的弱點。不行不行。

我蓋上被子重新躺好，強迫自己閉上眼睛。

——就說不是了啦。

結果我很普通地睡過頭了。

而且，準備去洗手間時碰上淺村同學，讓他看見自己剛睡醒的樣子。

好丟臉。我一照鏡子，發現頭髮還亂翹。沒想到會這麼丟臉。果然我還是沒辦法故意製造什麼破綻。

他主動提起有關真綾慶生會的事，問我：「怎麼辦？」腦袋裡原先想的許多話全都不翼而飛。心臟跳得很快，甚至讓我擔心會不會被他聽見心跳聲。

我裝出平靜的樣子回答。

「機會難得，我是想幫她慶生啦。淺村同學呢？」

我這麼回問。打算順其自然地提起生日禮物話題……結果又是淺村同學先說。騙人的吧。難道他讀了我的心？

淺村同學說他從來沒送過女孩子禮物。

這樣啊，沒有是嗎？等等，為什麼我鬆了口氣啊？不過嘛，我也沒送過媽媽以外的人禮物就是了。

我在心中握緊拳頭。非說不可。

「要去買禮物嗎？」

說不定，我的聲音在顫抖。

當淺村同學用「不過……」這種否定的詞回應時，我還以為心臟要停了。

然而，事情不是這樣。淺村同學擔心在附近買東西可能被學校的人看見。這點我也想避免，所以淺村同學提議去遠一點的地方買禮物。

我輕輕點頭。

「文化祭時的事，還記得嗎？」

我戰戰兢兢地問。說不定，溫柔的淺村同學真的只是為了幫我的朋友選禮物。

不過得到的答覆是——

「當然。」

我好開心。

能夠**確實地確認**，實在太好了。

書店的打工還在持續。

我和淺村同學再次排班於同一天。

今天排班的有三個人。我和讀賣前輩待在收銀台，淺村同學則是前往賣場負責「清出空間」。

顧客隊伍暫告一段落時，我下意識地看向淺村同學。讀賣前輩指出我的視線，笑著說：「妳果然很在意後輩呢。」

巧合而已。巧合。

「喔～」

她完全不相信。

大概是因為沒人排隊結帳很閒吧，她繼續找我聊天。

「這麼說來，萬聖夜(Halloween)快到了呢。」

「31日對吧。」

「沒錯。十月最後一天。因為它是All Saints' Day——萬聖節的前夕。」

「萬……呃？」

「萬聖節。11月1日喔。為所有聖人祈禱的日子。為所有愚人訂立的節日叫萬愚節，4月1日。」

「啊，愚人節(April Fool)嗎？」

「就是這個。四月的傻瓜。可是，不曉得為什麼好像沒人用November Saint稱呼11月1日。還是說真的有人這樣講？妳聽過嗎？」

「不，沒聽過。」

「然後呢，說到萬聖夜就是這裡，澀谷。」

和讀賣前輩聊天時，話題向來會換個不停。有時會讓人差點跟不上她的節奏。她腦袋轉得真的很快。哎，既然要經常和那位工藤副教授對話，反應會快應該也很自然。

我想起去讀賣前輩就讀的那所大學參觀的事，感覺有點疲憊。

「澀谷在萬聖夜會化為不夜城喔。」

「嗯，最近好像成了扮裝聖地對吧。」

澀谷中央街每年都會湧進許多扮裝的人，甚至有電視轉播。擁擠到彼此都貼在一起的地步。

「每年都有好多人，看到就很煩對吧。到了這種時期，大概不太會想靠近中央街吧。」

「話說回來沙季，我們有不得不靠近那群麻煩的理由喔。」

「咦，為什麼？」

「要打工。」

啊……

回頭一想，我和淺村同學31日都有排班。讀賣前輩好像也有。

「機會難得，要不要扮裝？」

讀賣前輩說道。

儘管正在結帳，我依舊搖了搖頭。我可不想做這種事。

「不過，如果戴上有貓耳的魔女帽，不是很可愛嗎？」

「可愛……」

「啊，原來妳對這個有興趣。」

並沒有——我自己都曉得這幾個字回得很心虛。聽到她說她以為我會意識到淺村同學，就讓我臉頰發燙。

淺村同學從賣場回來。

「那麼，換我去整理書本嘍。」

我只說了這句話，便快步離開收銀台——應該不會讓人覺得很奇怪吧？

這天回家路上。

令人聯想到冬季的寒意，讓我邊走邊搓著凍僵的手。

淺村同學就在旁邊，推著自行車。

這種時候才知道我這人多麼沒料。我想不到該怎麼對話才好。感覺能讓淺村同學高興的話題、不讓人覺得「這女人實在不行啊」的對話方式，這些東西我完全不懂。

我最多只能對凍僵的手吹氣爭取時間。

他說冬裝很適合我……是不是顧慮到我的想法啊？

放進口袋的手輕輕握起拳頭。好不容易擠出的話語卻是——

「真期待明天放學後呢。」

好想哭。

不過，淺村同學——

「是啊。」

這麼回應。如果期待的只有自己，會讓我覺得很不好意思，但是淺村同學立刻表示同意。

我偷瞄了旁邊的男生一眼。好開心。

因為冰冷而放進口袋的手，輕輕張開又握起。尋找適合的話題好難啊。

我們淡淡地走著。不過……現在這樣就行了吧。

一打開家門，彼此的距離就會拉遠，讓人有點遺憾。

10月20日（星期二）　淺村悠太

這天，差不多中午過後我就開始坐立難安。

下午的第一節課是現代國語，班上同學朗讀教科書的聲音，宛如異鄉語言一般不斷從腦中溜過。

之所以完全沒留在腦袋裡，是因為我一直將思緒集中在某件事上頭。

也就是和綾瀨同學的購物之約。

我所煩惱的，是怎麼樣才能讓約會成功。

雖然不敢講要讓她和我待在一起時很開心，但至少別讓她覺得無聊。

「你在喃喃自語些什麼啊，淺村？」

我抬起頭，看見坐在前面的丸轉過來這麼問我。

「等等，丸。還在上課啦。」

聽到我這麼回應，他一臉無奈。

「你在講什麼啊？早就下課啦。」

「咦？」

我連忙環顧周圍，發現班上同學們已經起身開始移動。這麼說來，記得第六節的化學好像要在特別教室做實驗。

「心不在焉呢。如果有什麼擔心的事，找我商量倒是沒問題喔。能不能幫上忙就另當別論。」

「這種時候不說『包在我身上』，很符合你的風格。」

「我不會承諾做不到的事。」

也可以說就是因為這樣才值得信任。不過啊……

「之前的後續嗎？」

「倒也不是……」

看著好友的臉，我突然想起這傢伙先前說過的話。

「丸，你說過讓有好感的對象看見自己有下工夫也很重要，對吧？」

「的確說過……沒錯，畢竟重要的是過程嘛。只有結果無法信任。」

他一臉「什麼嘛，果然還是這件事啊？」的表情……雖然沒辦法說不是，但不是這樣啦。不，也沒說錯就是了。

話說回來……

「你說，只有結果無法信任。」

這話是怎麼回事？

「對什麼化妝毫無興趣的男人啊，看見一個化完妝變漂亮的女人，能正確判斷出對方是為了自己而努力的嗎？」

「呃……」

「我認為啊，只有自己也在化妝上花過心思的男人才做得到。」

「啊～確實。」

我想起昨天的綾瀨同學。

正因為見到她晚起床剛睡醒的臉，才能體會到平常她的武裝——已經打扮好的模樣有多麼不簡單。

「結果這種東西，不過就是結果。棒球也一樣。」

「運動的重點不是該放在結果嗎？」

「意思是別讓心情因為比賽結果起起伏伏。想要什麼都不做等著看結果，我還早十年呢。如果看不穿比賽對手做的努力，自己的提升也就到此為止。我不會掉以輕心。」

原來如此……真的是嚴以律己啊。

「所以說，要懂得去看對方努力的過程，是吧？然後呢，對於和自己來往的女性也是一樣。」

「就是這麼回事。進一步來說，棒球雖然不會想讓人家看見自己的努力，但是喜歡的對象則另當別論。想想看，即使菜做得沒有餐廳好吃，女友親自下廚依舊會讓人很開心吧？」

實際上，綾瀨同學做菜比外面賣的還要好吃就是了。

「這同時也是個機會，能讓人宣示自己經過一番努力。不過嘛，我不會要你這麼做。」

「……你說的是不是前後矛盾啦？」

「淺村啊，你是例外。」

我感到很疑惑。

不懂自己被當成例外的理由。

「怎麼，你真的沒注意到啊？」

「什麼意思？」

「你啊，很好懂。沒問題的。」

丸這句話出乎意料，讓我一時之間啞口無言。說我很好懂……

「所以普通一點吧。如果是你，這樣就能讓人家明白。」

「呃？」

「放心。淺村悠太啊，你沒有自己所想的那麼聰慧。你沒有機靈到能夠隱瞞自己的努力。別逃向小把戲，只要使出全力就好。」

聽到他這番話，實在沒辦法讓人放心。

這什麼啊……要我普通一點……普通是什麼意思？

「我反而不曉得該怎麼辦才好了耶？」

丸一直在笑，所以我們拖很晚才往特別教室移動，差點遲到。

放學後，我為了換衣服先回家一趟。

穿著制服會很顯眼。更何況，就算是我也曉得，制服應該不太適合穿去和關係很好的異性約會。

10月20日（星期二）　淺村悠太

那麼……衣服該怎麼辦？

到頭來，我還是沒想到好主意。

而且這令我注意到，和約會對象住在同一間屋子裡，意外地會有些問題。

很難用洗手間的鏡子檢查服裝。

如果不斷在洗手間和自己房間來回，我的慌張全都會被對方看在眼裡——

丸說要讓人家看到，但是我沒辦法啦。

話雖如此，高中男生的房間也不會有什麼大型穿衣鏡。

煩惱到最後，我找上現代的萬能工具——手機的自拍功能。我將手機固定在眼睛高度，拉到可以映出全身的距離，就能當成簡單的穿衣鏡。

「果然還是這個吧。」

儘管我挑出自己認為「感覺對了」的衣服，但是這和我平常穿的沒什麼差別。普通。黑色夾克，配上淺灰色針織毛衣。加上黑色牛仔褲。

雖然我認為不壞，但是只靠自己的感覺，仍舊不太能精準地評斷。

「……反正其他男生好像也常這麼做。」

儘管覺得大概是鬼迷心竅，我還是就這麼以手機的攝影功能存下照片，試著用ＬＩ

NE傳給新庄。

告訴他，想聽聽令妹的意見。

平常我絕對不會做這種事，這點我也有自覺。只不過，和「讓綾瀨同學覺得很難看」的風險一起放上天秤衡量之後，我寧可讓不認識的國中女生覺得這個人自我感覺良好。

……不過，這時我突然注意到一件事。

仔細一想，新庄好像還在社團活動，他妹妹恐怕也沒空。期待走出家門之前能得到回應，或許是強人所難。

我到底是有多急迫啊？居然沒考慮到這點。

就在我這麼想時，訊息標上已讀。似乎正好是他們社團的休息時間。

而且回覆也很快。

『我妹妹立刻就回了。』

這讓我緊張得冒汗。

事到如今，我才對「將自己的照片分享給不認識的國中女生」感到不好意思，身體有點發燙。

我勉強以顫抖的手指回傳訊息。

『怎麼樣？』

『她說，普通。』

『咦？』

『她只回了一個「普通」。』

發送這通訊息的同時，新庄還同時傳了看似他和妹妹用ＬＩＮＥ交流的截圖。

這不就只是沒興趣才隨便應付一下嗎……

意思是「不怎麼有趣的服裝」嗎？

『抱歉，休息時間結束了。』

新庄最後只留下這句，便不再回訊息。

我回了帶有「謝謝」含意的貼圖，然後重重嘆口氣。

徹頭徹尾的失誤。

只得到一個不怎麼樣的評價，不是讓我更加不安又無從改善嗎？連請對方提供建議的時間都沒有卻還想依賴他人，實在是一大錯誤。

「妹妹啊……他們感情是不是太好啦？」

我看著新庄和他妹妹的ＬＩＮＥ截圖，輕聲嘀咕。

能在短短時間內像這樣隨興地交流，他們兄妹感情應該相當好。雖然我不曉得一般的兄妹關係是什麼樣子，所以不清楚這算不算普通。

然後，我突然想到。

如果其他男生說想聽服裝的意見而傳了自拍照過來，我會轉給綾瀨同學嗎？

總覺得，我不會這麼做。多半會找各種理由回絕吧。

因為，我不會想聽到綾瀨同學對其他男生的評價。

想來新庄也沒將妹妹當成工具，是因為相處融洽，建立了信賴關係，覺得這麼做也無妨，他才會將身邊男性的照片傳給妹妹。

如果說，即使這麼做也不會排斥，才算是感情好的兄妹。

那麼我這份感情，大概還是與兄妹之情有所不同吧。

「能出門了嗎？」

從門另一邊傳來的聲音，打斷我的思緒。看來綾瀨同學已經準備好了。

「嗯，沒問題……應該吧。」

儘管對服裝依舊沒什麼自信，卻也不能一直拖下去。只能拋開猶豫做出決定。

我一開門，坐在餐廳沙發椅上等待的綾瀨同學便站起身。
看見她的模樣，我不禁屏息。
不愧是綾瀨同學。
酒紅色針織毛衣，再披上能襯托出顏色差異的苔綠色外套。明明是互補色卻不至於讓人眼花，大概要歸功於她挑選顏色的眼光吧。
將毛衣頂起的胸口，有個三角形項鍊。
在我的印象中，綾瀨同學除了制服以外通常會穿短褲，不過今天是裙子，況且是膝下十五公分。可能是因為這樣，顯得比較含蓄。
平常綾瀨同學的穿著不負「武裝」之名，一般高中男生會感到難以接近。但是今天的她就讓人覺得比較親切。
不止「漂亮」，而且可愛。
雖然或許只是我個人的感覺啦。
「那走吧。」
「嗯……先等一下。」
「什麼事？」

突然被我叫住的綾瀨同學，停下穿鞋的動作回過頭來。

「有東西忘了帶嗎？」

「不是這樣。我在想，從家裡到澀谷車站這段路，兩人一起行動沒問題嗎？」

「穿著便服走在一起啊……如果只是這樣，一般兄妹應該也會，我認為不需要在意。」

「這麼說也對。抱歉，我想太多了。」

「不會。這很重要，謝謝你有注意到。」

判斷有困難的部分，就提出來磨合──聽到綾瀨同學這麼說，讓我鬆了口氣。

……啊，我真的很喜歡她這一點。

就這樣，我們一起走出公寓。

在澀谷車站等電車時，我突然覺得有點不對勁。

起先我連自己介意什麼都不曉得就是了……

一會兒後，我不經意地發現，我們都把目光放在彼此身上。綾瀨同學的臉……應該說表情。怎麼講，就像是拚命忍著不要笑出來一樣。

她在偷瞄我的同時，嘴角不停抽動……的樣子。該不會是看見我的服裝之後在偷笑吧。

——但她的個性應該不是這樣才對。

還是說，我的穿著有哪裡很怪？

雖然在意，但是當面指出來或許會傷到對方。

所以說不出口。

她會不會是顧慮到這點呢？

愈是懷疑，就愈覺得有可能是這樣。

我輕輕搖頭，把妄想趕出腦袋。無論是不是正確答案，感覺都會很尷尬，還是別問吧。

可是啊，不管怎麼看，都會覺得她的反應很怪吧。

哎，在意就輸了。真要說起來，像這樣一直偷看綾瀨同學的表情，無論怎麼想都很失禮吧。

我將注意力從綾瀨同學身上移走，搭上電車後盡可能避免將視線轉向她。

不到二十分鐘，我們便抵達池袋車站。

從月台走下樓梯之後，先到地下室，然後穿過北剪票口。

從東口那座常被當成約定見面地點的石像旁經過，走樓梯抵達地面後，便是寬敞的道路。

我們順著陽光大道移動，沿路看見冰淇淋店、可麗餅店、咖啡廳、鞋店、二手衣店、服飾店、電玩中心、電影院等各式各樣的店家。可能是因為充實程度無愧於鬧區之名，非常適合和要好的對象一起消磨時光，所以行人裡頭不少是朋友、情侶等複數人聚在一起。

「哇……」

看見肢體交纏的情侶在路邊接吻，我反射性地出了聲。

於是旁邊的綾瀨同學以手肘輕輕頂了一下我的側腹。

「盯著人家看很失禮喔。」

「抱歉，在思考之前就出聲了。太輕率了對吧？」

「我懂你的心情……突然看到那種場面，會嚇一跳對吧。」

我們相視苦笑，分享彼此的尷尬之情。

人類的感情真是不可思議。別人要在哪裡做些什麼是那個人的事，不該從第三者的觀點評斷那人的行動是善是惡——這是我的基本思維。儘管如此，突然有人在眼前接吻，還是會令我大吃一驚。

如果有人來找我做問卷調查，問我「你對於情侶在人前接吻有何看法」，我毫無疑問會回答「沒什麼特別的想法」，但是在剛剛那一瞬間，我的大腦瞬間判斷自己看見異常的景象。

我想，大概前者是我基於理性認為正確的感性，後者則是刻劃在本能裡的感性。藉由過往經驗與知識加固的理性價值觀，或許會在突然面對某種讓腦袋短路的東西時剝落，暴露裡面的東西。

「綾瀨同學會想要像他們那樣嗎？」

「再怎麼說都不會吧。如果你說想要那樣，我說不定會嚇到。」

「同感。這種事或許連磨合都不需要呢……」

「不，這很重要。」

在人前接吻，不包含於「想做的事」之內，也不在「可以做的事」之內。

實際上，兄妹做出這種事顯然會成為大問題，所以根本不用思考。然而連枝微末節的小事也化為言語很重要。

於是，我們兩個就在被情侶嚇到的情況下走著，來到一條稍微偏離大道的路。

眼前是一棟掛著大型藍色看板的建築。建築入口擠滿了人，熱鬧程度不輸陽光大道的正中央。

「咦？這裡是……」

「動漫精品專賣店。似乎相當有名，品項也很齊全喔。」

我知道。澀谷也有姊妹店，以前丸帶我去過。

雖然是在綾瀨同學的帶領下來到這裡的，不過此時我總算想起我們這一趟目的是什麼。

「呃，綾瀨同學。」

她露出「嗯？」的表情看向我。

「我們是來買奈良坂同學的禮物對吧？」

「對啊。」

「在這裡買？」

總覺得來到一個和「買高中女生的生日禮物」關係最遠的地方。

「她啊，喜歡這種東西呢。」

綾瀨同學指著貼在店外的動畫角色說道。

我吃了一驚。

我自己也會讀輕小說，所以對宅興趣沒偏見，只是不會買周邊商品而已，在旁人眼裡，會買書的我應該也是同類才對。呃，我的事不重要。

沒想到那個看起來就是班上中心人物的陽角女生會喜歡動畫——這種偏見我倒是沒有。單純是因為先前的對話裡看不出半點這種傾向，所以感到意外。

「記得嗎，之前說過真綾家還有弟弟吧？」

「這麼說來的確是。」

「她常常和弟弟一起在網路上看動畫，所以知道不少。之前她還說過，很適合在做家事的時候看。」

「原來是受到弟弟的影響啊。」

「雖然現在與其說是受到別人影響，不如說是她自己迷上。」

正因如此，如果買奈良坂同學喜歡的動畫周邊商品當禮物，她應該會很高興——這是綾瀨同學的提議。

我們好不容易才穿過擠了許多顧客的入口，進入店裡。

「好大的店……該從哪裡看起？」

「到處逛逛看有沒有適合的就行了吧，反正什麼東西放哪裡我們也不太清楚。何況我也不曉得奈良坂同學的喜好。」

「沒問題，這部分交給我。」

我們在人群中穿梭，尋找適合當禮物的周邊商品。

於是，我了解到一些純粹陪丸逛店不會注意的現代周邊商品知識。

在看似以女性為目標客群的賣場，擺的並非都是我想像中的那種「動漫周邊」，還有式樣為支持角色所屬學生宿舍舍章的鑰匙圈、筆記本等。

由於圖案放在角落顯得十分自然，所以乍看之下只是個設計精美的小東西。

「這些看起來倒是……」

「嗯，很帥氣對吧。」

「綾瀨同學也這麼想啊。」

「這邊的——」

說著，綾瀨同學指向旁邊的櫃子，這裡也有賣我們小時候見慣的那種可愛型角色布偶與鑰匙圈。

「——平常不太方便拿出來就是了。」

「原來如此。」

呃，換句話說商品類型很廣是吧。這麼說來，某次和丸聊天時提到過，御宅族市場持續擴大，造成御宅族普遍化以及商品多樣化之類的。

話雖如此，但我過去從不覺得宅興趣和時髦能夠並存，所以有點吃驚。

於是我睜大眼睛打量周圍，才注意到店內顧客看起來都穿得乾淨漂亮。

男女也是各半……應該說女性比較多。

這麼說來，綾瀨同學之前曾經羨慕過我的眉毛沒打理也很好看……仔細一瞧，不管男生女生，眉毛形狀大多很漂亮。如果基因沒有什麼誇張的變化，應該是他們自己打理的吧。

原來如此，所以綾瀨同學也自然而然地認為我有打理過。雖然曾經聽丸說注重外表的御宅族也變多了，卻沒想過會多到這種地步。

「像真綾那樣外向又看得光明正大，可能反而讓人覺得無所謂就是了。」

「確實……」

若是奈良坂同學，大概不管拿什麼在外面走都能以一句「因為是奈良坂同學嘛」帶過，這點實在很恐怖。

話是這麼說，不過我們接下來要挑的是禮物。身為送禮人，還是希望能看見對方的笑容。

我聽綾瀨同學的意見，買了一個奈良坂同學最近似乎迷上的動畫（目標客群好像是兒童，我不知道作品名稱）的馬克杯。只能從杯上標記認出是動畫相關商品的那種。

她家裡人多，送餐具類應該不會造成困擾，而且既然弟弟們有看動畫，那麼就算奈良坂同學本人不用，或許也可以讓她的弟弟們用。

「呼。謝謝妳，綾瀨同學，妳的建議很有參考價值。」

「是嗎？那就好。」

我拿著放了包裝過禮物的紙袋，和綾瀨同學一起走出店門。

此時已經過了太陽下山的時間下午五點。周邊一帶都暗下來了。

「這麼說來，妳沒有買耶，沒問題嗎？」

「我有了別的主意。明天會去站前買。」

她這麼回答，但是沒說她打算買什麼。

在電車上搖晃的歸途。

到頭來，實在不怎麼像約會呢。

兩人邊逛邊聊些不著邊際的話題雖然很開心，卻沒有牽著手。目的地要說是讓男女開心約會的地點，倒不如說是會和丸一起來的店。這麼說來，電玩中心和服飾店分明要多少有多少，綾瀨同學卻沒有表現出半點興趣，我們好像是因為這樣才沒走進去的。

那些地方明明是常見的約會地點。

而且，買完奈良坂同學的禮物之後，我們幾乎是立刻回家。

照理說是期盼已久的「兩人一起出門」，卻感覺少了點什麼。現在一想，至少該找間速食店，稍微休息一下之後再回家。不過嘛，一方面也是到家後馬上就要吃晚飯，所以我們決定克制食慾。

而且，綾瀨同學雖然從頭到尾都面帶笑容，卻還是感覺有點生硬。理由我不太清楚。畢竟我只是隱約有點異樣感，沒辦法訴諸言語。如果能弄清楚異樣感的真面目就得以磨合了。這到底是怎麼回事？實在令人在意……

搭著搖晃的電車，我的心情也跟著搖擺。我數著軌道旁的燈光，漸漸無法克制自己，決定豁出去問她。

閒扯了幾句話之後，我直截了當地問。

「我的穿著很怪嗎？」

「咦？完全不會耶。為什麼這樣問？」

看見對方驚訝的表情後，我鬆了口氣說「原來沒這回事啊」——我可沒這麼相信自己。

「因為啊，和妳比起來，我在穿著、髮型方面可以說是毫不關心。」

所以對於穿衣打扮毫無自信——我終於說出真心話。

「我倒覺得這樣穿不錯，符合你的風格。」

「嗯，謝謝。不過——」

我隱約猜得到她會這麼說。

「妳的打扮，是有意識到要讓人家說『這樣穿很時髦呢』對吧？」

「嗯。」

「然後，妳應該是在深思熟慮後，認為這就是自己目前想得到的最佳裝扮。」

「嗯。」

「我也覺得，這樣穿很適合妳。」

這句話出口的瞬間，綾瀨同學的表情變了。我彷彿聽到「咦」的聲音。

「……謝謝。」

她向我道謝，原本生硬的笑容似乎變得更僵了，不過說實話，這個時候我也顧不了太多，無暇關注綾瀨同學的變情變化。

「不過啊，所謂適合自己的穿著，說穿了我完全不懂，也沒有相關知識。因為沒自信，就算妳說不錯、符合我的風格，我也毫無頭緒。」

「呃……換句話說，你想嘗試『以普世標準來說很帥』的穿著？雖然你不太像會這麼做的人就是了。」

「我覺得學了也不虧。至於會不會喜歡就另當別論。所謂的『正式』應該就是這種東西吧。」

「啊……原來如此。這麼一聽，的確有點像你的思維。」

我覺得只是單純沒自信而已。

「你想了解約會正裝……這類服裝的相關知識，卻對自己的判斷標準沒自信，這樣想可以嗎？」

不愧是綾瀨同學，理解得真快。

「沒錯。」

「嗯……」

綾瀨同學低下頭，陷入沉思。

她花了足夠讓電車通過一站的時間後抬起頭。

「回家路上，再去一間店吧。」

「咦，接下來還要？」

「如果我認為時髦的衣服也行，我幫你挑。」

我沒想過這點。

原來如此，若是綾瀨同學挑的就值得信任。更重要的是，這樣說不定能自然地了解對方的喜好，應該算是比預期更好的發展？

「那就麻煩妳了。」

「別太期待，因為是純看我的喜好來選的。」

這樣我反而更歡迎。

「那麼，要去哪裡？」

「代官山離我們家不遠，應該可以吧。」

「確實……不過，抱歉。要是我早點說，池袋也有很多店可以去。」

我滿懷歉意地說道。綾瀨同學微微一笑。

「沒關係，不用在意。時機出了些差錯這點也很像我們。」

「啊哈哈。聽妳這麼說，我就釋懷了。」

就這樣，我們在澀谷站換車，走了一趟代官山。

我在綾瀨同學的引領下走著。

每間店的燈都亮著。自大型櫥窗外洩的光，將柏油路照得十分明亮。我們走進一間離車站不遠的男裝店。

一進門，就讓我體會到這裡和超市、便利商店截然不同。看不見購物籃和手推車。就在我東張西望時，女店員安靜地走來。

「需要幫忙嗎？」

「啊，不──」

「我們先看一下再麻煩妳。」

從我後方現身的綾瀨同學插嘴。店員小姐露出微笑，目光在我們兩人身上分別停留了差不多的時間後一鞠躬。

「明白了。那麼，如果有需要請別客氣，儘管叫我。」
說完，她安靜地離開。
「我一時慌了……」
「她可能以為只有你一個人吧。」
不知為何，綾瀨同學的口氣顯得不太高興。
也就是說，我和綾瀨同學的穿著看起來不像兩人同行嗎？
走進店門後那股愈來愈明顯的不自在感，令我冒出冷汗。雖然明白只是我自己給自己壓力，我卻對這點無可奈何。
相對地，綾瀨同學則是神色自若。她就像個熟客一樣走在我前面。
「妳常來這裡？」
「咦，怎麼可能？」
「怎麼可能是指……」
「因為這裡只有賣男裝呀？」
這麼說也對。
「當然，故意穿男裝也是一種穿搭方式。不過淺村同學，你覺得我適合那種打扮嗎？」

聽到她這麼問，我試著想像。

昨晚，我在睡前讀了買回來的時尚雜誌。但是我總覺得以參考書來說還不夠，於是上網查，用「男裝」、「穿搭」搜尋，卻出現女性模特兒的照片。感到不可思議的我讀了網站說明，才發現是種叫「適合女性的男裝穿搭」的類別。

不是女扮男裝，單純是當成女性時尚風格之一的男裝穿搭，所以穿著寬鬆衣物的偏多，不過其中好像也有穿西裝、夾克的。

應該會是我當時看見的那種感覺才對……

頂著亮色系中短髮的綾瀨同學，穿上強調肩膀……對，就那種感覺的——我試著想像穿著店內人偶身上那件黑色夾克再繫上男款寬腰帶的綾瀨同學。

就類似讓遊戲角色換上花錢買的商城時裝吧。雖然對時尚了解不多，不過想來應該是由店員花了一番工夫搭配的實物與真正的綾瀨同學就在眼前，所以描繪起來很簡單。

想像中的綾瀨同學換好衣服。

披著黑色夾克，挺直背脊，擺出模特兒站姿。

「感覺會很帥氣。」

某種疑似貓被踩到時會聽到的叫聲響起，於是我連忙抬頭。綾瀨同學迅速把臉別過去。

「我、我才不穿。」

「咦？喔，嗯，我想也是。妳應該不會穿成那樣。不過，若問適不適合，我想應該很適合吧。像是那種的──」

我指著眼前那具被我拿來當參考的黑夾克人偶。

「如果是妳，那種衣服穿起來應該也很好看。呃，怎麼了？」

兩隻手在我面前搖個不停。

「夠了，夠了啦。現在是要選淺村同學你的衣服，我的穿搭不重要！」

「也對。那麼，以妳的角度來看，會推薦我哪一種呢？」

我想起原本的目的。

「唉。真是的……呃，我看看。」

她拿起掛著的衣服，連衣架一起舉到眼前，在我和衣服之間來回比對。然後，又要我轉過身去，拿衣服抵在背後確認肩寬和衣長。

「嗯～淺村同學，這邊這邊。」

「嗯。喔……這邊的不用了嗎？」

「已經看過了。」

「這、這樣啊。」

剛剛只試了一件耶。

接下來，綾瀨同學便帶著我在店內轉來轉去，於某處停下腳步，拿起一兩件服飾貼到我身上確認，就這樣不斷重複。

可能是要看搭配起來如何吧，她會要我拿著外衣吊在身體前方，然後將穿在內側的衣服疊到胸口處又拿開。

綾瀨同學拿著衣服的拳頭抵著我的胸口，感覺有點癢。

「嘿，不要動。」

「啊，抱歉。」

「嗯？不對啊。這件不行。啊，就那樣別動。」

「喔，好。」

我在綾瀨同學的命令下化為人偶。總覺得擦身而過的其他顧客看見我們的模樣之後在笑。雖然專心挑衣服的綾瀨同學似乎沒注意到。

真像約會啊——我突然這麼覺得。

在池袋買東西時，無論是地點或氣氛，都和我原本所想的約會不一樣。不過，像這樣在伸手便可觸及的距離挑衣服，總覺得不管怎麼看都能說是約會。

……呃，真的嗎？

新庄和他妹妹的關係掠過我的腦海。

據說新庄家全家一起去買東西時，哥哥的衣服會由妹妹確認過之後才決定要買什麼。

換句話說，與此刻的我和綾瀨同學一樣。

再怎麼說都還算是親兄妹也會做的行為。明明我們已經決定要這樣相處，所以照理說沒有任何問題，我卻有種宛如魚刺哽在喉嚨裡的異樣感。

當特別要好的兄妹就滿足了嗎？還是說，想追求更進一步的關係呢？

真要說起來，我**想**和綾瀨同學做什麼、到什麼地步？

——我到底花了多少心思在想她的事啊？

我陷入沒有出口的思考迷宮，感覺身體的熱都集中到臉頰上。明明秋天已經快結束卻還這麼熱，這家店的暖氣未免太強了。

10月20日（星期二）　淺村悠太

「嗯，決定了。」

說著，綾瀨同學拿起兩件掛著的衣服。

「如果是我，就會挑這些。」

「呃……這是？」

「現在的外套不錯，但我覺得這邊的tailored也很適合。」

神祕的單字令我感到困惑。

「tail……什麼？」

「你不知道？就是一種叫『tailored jacket』的外套。」

「喔，裁縫那個tailor嗎？」

「你知道這個字啊？」

「在書上看過。」

有一部小說，以1870年代英國——也就是維多利亞時期為舞台，描寫在裁縫店工作的女孩。所以我認得這個詞。

綾瀨同學懷裡的tailored jacket是亮灰色，衣領偏細的類型。和一般所謂西裝外套相比沒那麼強調肩膀，又使用明亮的顏色，所以給人清爽的印象。

「為了避免搭配困難，所以挑了單色的。」

「單色就不會困擾？」

「要是有花色，就得和它相配才行吧……呃，原來需要從這裡開始說明啊。」

「非常抱歉。」

「然後呢，這件是穿在裡面的。隆冬穿這樣應該會覺得冷，不過大概到十一月都還可以。」

她說到「這樣」時舉起的另一隻手臂上，掛著一件單純的白色T恤。這件也是單色，完全沒有花紋或圖案。胸前口袋也不怎麼顯眼，會讓人不太確定它是否存在。可能因為外套是落肩款式吧，T恤的肩線也是往下偏。

雖然簡單，價格卻是我平常身上那種夾克的兩倍，大概是質料好或設計好吧。

雖然我不明白其中的差異就是了……

「褲子我覺得現在穿的就行了。如果要更好的，價格會有點貴。」

「謝謝。」

「嗯。那麼，稍微試穿看看。如果你中意就沒問題。」

「我知道了。」

我從綾瀨同學手裡接過衣服，請她代為看管隨身物品。然後我走進試衣間換穿。換好後盯著鏡子看了半天。

雖然以我的詞彙無法說出哪邊如何，不過的確感覺很合。看上去十分自然的時髦秋裝。由於沒有強調肩膀，不會顯得僵硬，整體來說給人溫和的印象。外套可能是因為質料好，所以不太透風。照這樣看來，現在的季節應該勉強撐得過去。

只不過在我看來，會覺得和現在自己所穿的差異不大。

這樣就行嗎？

我無法斷言。

對於不擅長的領域，人類無法注意到細小的差異。

該說是「解析度低落」吧。

就像小孩子拿起手機可能是玩遊戲、聽音樂、傳ＬＩＮＥ、使用學習Ａｐｐ等截然不同的理由，舊世代的父母卻會用一句「不要玩手機」把這些全部混為一談。

或許有變好，但是我的眼睛看不出明顯的差距。

「怎麼樣？」

我走出試衣間讓綾瀨同學看。

「嗯。沒問題。」

「呃……這樣就夠了？去染個頭髮或什麼的會不會比較好啊？」

我不禁擔心地這麼問。

要顛覆新庄他妹妹的「普通」評價，只有這樣恐怕還不夠。

我在想，是不是需要有些誇張一點的改變。

聽到我這一問，綾瀨同學便像個安撫幼童的保姆一樣，無奈又溫柔地嘆了口氣。

「你啊，要得到誰的認可才會滿足？」

「咦？」

「如果你是想得到不認識的別人稱讚，只靠我的美感會感到不安也是能理解。淺村同學，你想要打扮到那種水準嗎？」

「倒也不至於……」

「沒有對吧。」

她這麼蓋過我的話，並且微微一笑。

「那麼，相信我也可以吧？畢竟是我選的，我說這麼穿很好。」

「這樣啊……確實如此。抱歉，我剛剛不知道哪根筋不對。」

「嗯。沒關係。會擔心自己在他人眼裡是什麼樣子對吧？我懂。」

大概是真的能體會我的感覺吧，綾瀨同學的表情十分溫柔。看見她的臉，我突然驚醒。

我這才發現，我剛剛的思考有多麼自我中心。

「努力當個夠格站在綾瀨同學身邊的男性」這種念頭，根本沒有為搭檔著想。

這樣只是出於「別讓自己丟臉」的自我防衛心態，判斷標準永遠都是第三人的目光。

會欣然向新庄的妹妹這種長相個性都不知道的陌生人尋求意見，也是因為心裡其實藏著「想得到這種距離感的某人認同」的想法。

讀賣前輩不是說過了嗎？

『不用打扮得很帥也沒關係，但是知道對方為自己下過一番工夫，應該還是會很高興吧。』

這種感想的主體並非第三人，而是搭檔本人。

丸他們說的也是一樣。重點在於展現出有要認真打扮的態度，至於能否真的變得時髦只是其次。

身邊的人們明明已經說出答案，卻還是沒找到方向——自己幼稚到這種地步，令我萬般無奈。

其他人說什麼都無所謂，不是嗎？既然綾瀨同學喜歡，對我來說這就是最棒的時尚。

買完衣服，走出店門。

走向車站的途中，綾瀨同學說道：

「淺村同學。回家路上，可以先去一趟便利商店嗎？」

「這倒是無妨。」

「雖然超市比較便宜，而且有很多東西想買，不過這樣實在繞太遠了。可是芥末用完了，必須補充……」

「芥末？」

「今天想弄關東煮。」

「啊……這幾天比較冷嘛。」

「我的腦袋從昨天起就進入火鍋模式了，家裡也有材料。雖然主要是蔬菜。」

「這樣對健康來說不是比較好嗎？不過，既然要買東西就由我來提吧，不需要顧慮太多。」

「謝謝……欸，我剛剛是不是說了什麼奇怪的話？」

大概是因為我剛剛看著綾瀨同學的時候，下意識地輕笑吧。

「沒有沒有。抱歉抱歉。」

我道歉後，連忙補充說明：

「因為對我而言，所謂的時尚、穿搭都是異次元話題。有種方才都待在異世界的感覺。」

「會不會太誇張了？」

「真的是這樣。不過，剛剛突然就從那種狀態轉為平常的晚餐話題了嘛。感覺像是瞬間從異世界回到現代一樣。」

「餘韻沒了？」

「這個嘛，今天在異世界已經待夠久了，我想趕快回家吃溫暖的關東煮。老實說，我覺得好累。」

「辛苦了。希望這件衣服以後有很多機會能穿。」

「也對。畢竟是妳特地幫我挑的，就讓它盡可能多點機會出場嘍。」

說完之後，我才注意到。

剛剛這幾句話，不就等於在說「以後多約會幾次吧」嗎？

儘管心裡有點焦慮，不過依然掛著生硬笑容的綾瀨同學乾脆地說「是啊」，可能是我想太多吧。

我和綾瀨同學的第一次約會，就這樣結束了。

晚上７點３分。

我們在便利商店買完東西，返回自家公寓。

就在穿過明亮大廳，搭上電梯的前一刻——

「話說回來。我怎麼樣？」

突然冒出來的這句話，一開始我還沒注意到是在問我。

「咦……」

「像是比平常容易交流啦、感覺比平常好相處啦，有沒有注意到什麼與平常不一樣的地方？」

停下腳步的我，轉向站在身旁的少女。

走道天花板的淡淡ＬＥＤ燈光，照亮綾瀨同學的全身。

我由上往下打量。

服裝和一開始見到時沒兩樣。針織毛衣與苔綠色外套。可能是因為變涼了，所以外套有扣好。也就是說，應該和胸口的飾品沒關係吧。

髮型也和往常一樣。分邊沒變，也沒用髮圈整個綁起來，更沒有接髮。所以也和頭髮無關。

和平常不一樣的地方。

哪裡？

指甲嗎？香水嗎？我自認兩者都有留意。不過，雖然淡粉紅色的指甲油很適合綾瀨同學，卻不怎麼符合她那個「比平常容易交流」的條件。

至於香水……不，慢著淺村。這種時候靠過去聞氣味，不是會被當成怪人嗎？雖然有用香氣安神的可能性，但是考量到綾瀨同學的性格，總覺得也不太像是這樣。

倒不如說，她這個人照理說不會講這種像是「不用我講你也該注意到」的話。這是怎麼回事？

和平常不一樣的地方。

……啊。

我說出在約會期間一直很在意的事。

「表情？」

「對。」

「妳一直在忍笑對吧？」

「我有試著表現得和善一點。」

我們兩個同時開口之後，不由得面面相覷。

她剛剛說什麼？

「我一直很擔心，自己的服裝是不是真的有那麼奇妙。我在想，妳會有那種表情是不是因為努力忍笑？」

我將自己感受到的直接說出口。

這種時候，隨便敷衍會讓事情惡化。腦中響起警報，告訴我狀況不妙。如果不磨合會造成某種很大的誤解。儘管和綾瀨同學相處時間不長，但是這陣子的往來讓我有這種感覺。

「怎麼可能有這種事……我說了吧。我覺得這樣穿不錯，符合你的風格。」

「抱歉。我對自己實在沒有信心。」

「原來在你眼裡是那樣啊……」

看見綾瀨同學垂下肩膀，讓我感到十分抱歉。

「我本來的目標，是要讓自己比平常容易交流，感覺比平常好相處……」

「啊～抱歉。」

「要表現得親切和善果然很難……」

彼此都做了些不像自己的事呢——綾瀨同學說完，恢復成見慣的表情。

一片黑暗的電梯下來了。燈光亮起，電梯門打開。

綾瀨同學先走進去，我抱著行李跟上。我按下按鈕，趁著電梯關門聲響起時，輕聲說道：

「不過——態度這種東西，我覺得維持原樣就好。這樣才符合妳的風格。」

「咦？」

因為，綾瀨同學的神情、舉止，都是她為了勝利而自己建立起來的。

在輕微晃動的同時，電梯開始爬升。

這天晚上，我在睡前拿出數學考古題試著解題時，新庄傳了ＬＩＮＥ過來。

內容大致上是對傍晚傳的訊息做些補充。

『晚飯時我和妹妹聊了一下，她對於悠太你的穿著評價相當高。她說，哥哥有很多朋友會為了讓自己顯得成熟而穿些看了就尷尬的衣服，你沒有那麼做是個好選擇。』

看樣子，他妹妹的短評大多是什麼「尷尬」、「很醜」，維持在「普通」似乎算是好評。

如果一開始把這種標準說清楚，我就不需要一直為這件事煩惱啦——我苦笑著回了句「謝謝」，繼續面對數學。

也有些解答，需要經歷迷惘、繞路之後，才能求得。

我想就是這麼一回事吧。

10月20日（星期二）　淺村悠太

10月20日（星期二） 綾瀨沙季

今天放學後，我要和淺村同學出門。

一想起到時候的事，便讓我不安得手足無措。

沒辦法專心上課。

午休過後的課本來就容易分心，我甚至連板書都沒抄，都在胡思亂想。

像是怎麼樣的態度比較受男生歡迎啦、兄妹以上情侶未滿該有怎樣的舉止啦，我從來沒想過自己會有在乎這種事的一天。

不，不太一樣。

不是「男生」。世間的男性無所謂，我只是不想讓某個特定對象討厭而已。許多念頭在腦中轉來轉去，結果沒辦法把注意力集中到課業上。

我就這樣發呆到第五節課結束，下課時間真綾從教室邊緣的座位走來。

「怎麼啦？」

「咦……？不，沒什麼。」

「騙人～上課時，妳明明一直心不在焉。」

「專心上課啦。」

為什麼妳會知道啊？上課時間不該看我的臉吧。我原本要這麼吐槽，卻想到她定期考試的成績比我好。

……換個話題吧。

「真綾，妳向來討人喜歡，或者該說妳很受歡迎。不止女生，男生也不例外。有什麼訣竅嗎？」

「嗯？哼嗯嗯。雖然不太清楚，但是好像有人說過我很親切。」

「親切。」

總覺得很難做到……

所謂的親切，究竟是怎樣？

正當我暗自在心中摸索時，真綾把臉湊過來悄聲說：

「沙季妳只要露出微笑，就能一把抓住淺村同學的心喔！」

「所以說不要一直扯到淺村同學啦。」

10月20日（星期二）　綾瀨沙季

「不是嗎？妳特地加上那句『男生也不例外』，我還以為妳想讓意中人對自己有好感。」

沒說錯就是了。

「不要亂猜啦。」

「喔～」

她將「一點也不相信」表現得一清二楚。隨便她嘍。鐘聲響起，於是我揮揮手把真綾趕走。

親切……親切啊。要微笑？

雖然不太擅長做這種事，但如果這樣能讓淺村同學開心，我就稍微試一下吧。

話說回來，這比我預期的還要困難。

放學後，我先回家一趟。

換完衣服，我在桌上的圓鏡前試著擺出各種表情。

擠擠這裡、拉拉那裡。

可能是因為臉頰的肌肉幾乎完全沒鍛鍊吧，反覆一段時間之後我覺得臉很痠。笑容啊。笑容是怎樣的表情？

平常為了不讓別人看出自己的情緒，我會盡量擺出撲克臉，所以看見鏡中自己的臉，讓我覺得非常詭異。我為什麼要做這種事呢？不，清醒就等於輸了，沙季。雖然不知道輸給什麼就是了……

擠眉弄眼半天之後，終於做到「嗯，差不多就這樣吧」的笑容，於是我決定用這種表情試試看。

我打起精神走出房間，輕敲淺村同學房間的門。

「能出門了嗎？」

出聲詢問後，我坐到沙發上等，然後門開了。

就在起身要和他對上眼的瞬間，我下意識地別開目光。內心小鹿亂撞。這麼說起來，我對穿著花的心思沒有表情那麼多，這樣沒問題嗎？

「那走吧。」

我沒等他回應，逕自走向玄關。

目的地早已決定。

池袋。

10月20日（星期二）　綾瀨沙季

別看真綾那樣，其實她超愛動畫和漫畫。我從她那邊聽了不少……倒不如說，每當中意的周邊商品發售就用ＬＩＮＥ告訴我，是在打什麼主意？要我也買？

為了搭乘山手線，我們前往澀谷車站。

在月台等車的時候，我偷偷打量淺村同學。

灰色針織毛衣外面穿著黑色教練外套。就是平常的淺村同學那種感覺，我認為很不錯。不會太過顯眼，看起來又乾淨整潔。很有淺村同學的風格。只要適合那個人就會顯得好看呢。

適合很重要。

咦，還是說……該不會只要是淺村同學，在我眼裡穿什麼都很好看？嗯，無所謂啦。

和淺村同學那身自然的穿著相比，就讓我覺得自己打扮得相當花俏。

肌膚外露的部分雖少，但是裡面的衣服是紅色系，外套則是綠色系。換句話說就是互補色，如果色調沒挑好，一定會被人家笑的那種。相對地，如果搭配得當就能互相襯托。

在鏡子前看起來還不壞，可是在淺村同學眼裡又是怎麼樣呢？我好在意。

這身衣服應該有比平常來得穩重。我試過走可愛路線，不過這樣就是極限了。說穿了，我的衣服裡沒有比較偏向所謂淑女型的，所以也無可奈何。那種嫻靜風格，不適合我這種想說什麼就說什麼，交際能力也沒有比較好的性格。

搭電車這段時間，我努力以比較親切的口吻和淺村同學交談。同時，我也一直在想自己究竟有沒有做到。

抵達池袋後，我們靠著地圖App前往事先查好的店家。雖然我很少來這裡，卻不至於因此迷路，真是個方便的時代。

人潮洶湧這點和澀谷沒什麼差別。若要說有什麼微妙的差異，頂多就是和我們年紀相近的高中生、大學生比澀谷多了點。不過，這也只是因為東口的陽光大道上有許多以年輕人為目標客群的店，居酒屋偏多的西口應該還是看得到很多成年人吧。

話又說回來，不曉得是不是錯覺。總覺得容易看見一男一女走在一起……也就是疑似情侶的人。

還是說，單純是因為我現在會意識到這樣的男女關係，對這種事較為敏感，容易把目光放到他們身上？

「哇……」

走在旁邊的淺村同學出了聲。

順著他視線看過去的我，差點做出一樣的反應。

路邊有一對肢體交纏的情侶正在接吻。

我好不容易才克制住出聲的衝動。

明明接吻的不是自己，身體卻開始發燙。我的腦袋裡，下意識地浮現將那對情侶換成我和淺村同學的畫面，腦中有個冷靜的自己無奈地說「妳在想什麼啊」。

看見淺村同學盯著那兩人看，不知為何讓我擔心起自己的思緒也被看穿，自然而然地用手肘頂了一下他的側腹。

「盯著人家看很失禮喔。」

「抱歉，在思考之前就出聲了。太輕率了對吧？」

他向我道歉。

明明一半是為了遮羞卻讓對方道歉，這樣實在很不好意思，所以我立刻緩頰。

「我懂你的心情……突然看到那種場面，會嚇一跳對吧。」

實際上，這也是真心話。

淺村同學苦笑著表示同意，讓我鬆了口氣。看來他沒生氣，真是太好了。

接著我們進了動漫類的店家。

生日禮物我打算選以前聽真綾提過的動畫周邊商品。

不會太顯眼、平常也能使用的那種應該比較好，所以我往這個方向去找。

我們一件件拿起來確認小細節，討論東西適不適合真綾。會不會有點孩子氣？不過或許很適合。這讓我明白淺村同學是怎麼看待真綾的，他的感想和我一致時讓人有點開心。

回頭一想，和淺村同學兩個人搭電車出遠門、逛街，這還是第一次。

夏天去泳池的時候，是大家一起去的。

只不過變成兩個人獨處，居然就讓我這麼緊張，心臟跳得好快。

淺村同學買好禮物後，我們踏上歸途。

原本我也打算要買，但是在這裡買的話，等於主動招認我們一起出門買東西。雖然真綾知道我們是兄妹，或許不需要介意這種事。

明天去學校之前，先到澀谷站前買禮物應該就行了吧。

購物約會結束後的回程電車上。就在我放空享受餘韻時，淺村同學說了句意外的話。

「我的穿著很怪嗎？」

這個問題完全出乎意料，讓我非常驚訝。

更何況，淺村同學的服裝，在我看來一點問題也沒有。

雖說保持這樣就行了，不過……

煩惱一會兒之後，我想到一個主意。

「如果我認為時髦的衣服也行，我幫你挑。」

將回程做點調整，先繞去男裝店。

我的想法是這樣的。

將我所認為的「符合淺村同學風格的時髦」，試著化為眼睛可見的模樣。讓淺村同學將那身裝扮和他現在的服裝比較一下，然後自己想出新的穿搭方式就好。換句話說就是「磨合」。

雖然不曉得那算不算是約會的正裝，不過說穿了我自己不拘泥這種事，所以那樣就行了。要是淺村同學穿得一點都不像他，反而會讓我排斥。

……這算是任性嗎？

鄰近代官山站的男裝店。

看見我領頭走進店門，讓淺村同學誤以為我常來這家店。

沒這回事。不過，這種服飾店的格局都很類似，所以我不會迷路。若是追求男裝時尚的女性，說不定會跑來這裡。我不會就是了。

說完這些之後，淺村同學指著人偶，說他覺得那種的也很適合我。這讓我擔心自己在他眼裡是什麼樣子。

黑色皮夾克配上寬版腰帶。我雖然討厭被人家看不起，但是這並不代表我希望人家怕我耶？

「感覺會很帥氣。」

居然說這種話。現在是要挑淺村同學的衣服，我的服裝根本不重要。真是……他都在講什麼啊？

臉好燙。這裡的暖氣是不是開太強啦？

我到處走走看看，還把衣服疊在淺村同學身上打量，像是幫娃娃換衣服一樣，好開心。而且像這樣幫他選衣服，就讓我想到……夫妻一起來買東西會不會就是這種感覺呢？

……慢著，這時候該說「兄妹」才對吧？夫妻未免跳得太遠了。

我喜歡和淺村同學共度的時光，卻不太希望自己得意忘形。必須注意一點。

在店裡大致轉完一圈。

我替淺村同學挑了外套和T恤。兩件都是一開始就看上的，到頭來還是沒有推翻第一印象。

東西買完後，我們踏上歸途。

已經完全暗下來的返家路彼端，有公寓大廳的光亮，這讓我鬆了口氣。然後，注意到自己鬆了口氣的我對此十分驚訝。

啊，不知不覺間，這間公寓對我來說已經是家了。一旦走進家門，約會也就跟著結束。我又要回到義妹生活。

這麼說來，那我呢？

我沒注意到淺村同學在意自己的穿著。那麼淺村同學會注意到我表現得比較親切嗎？

「話說回來。我怎麼樣？」

等待回答的數秒實在漫長。所以淺村同學小聲說「表情？」時，我好開心。

太好了！

我腦中閃過這句話。

「妳一直在忍笑對吧？」

咦？

「我在想，妳會有那種表情是不是因為努力忍笑？」

聽到這句話，我差點跪倒在地。

這什麼啊？

「原來在你眼裡是那樣啊……」

我明明是想著「這樣淺村同學會不會高興？」而努力讓自己面帶笑容，可是他完全不明白嘛。

真丟臉。

想得愈多，臉頰就愈燙。就算地上沒洞我也想鑽進去。不，乾脆自爆從這個世界上消失好了。自爆按鈕在哪裡？我不想讓他看見羞紅的臉，所以和平常一樣繃緊了臉。無心。無心。我根本沒有動搖。無心。

自己果然不了解自己。我居然會想擠出自己做不到的表情。我根本沒辦法面帶笑容親切地與人相處。

情緒從臉上消失。

我做出根本不像自己的行為。

算了吧。反正綾瀨沙季一輩子都是個冷淡無趣的女人。無可奈何。

「我覺得維持原樣就好——」

淺村同學在電梯關門聲響起時開口。

「這樣才符合妳的風格。」

「咦？」

我下意識地假裝沒聽到。

該怎麼說呢，明明只是簡單的一句話，卻有股溫暖的感情在胸口擴散。

就因為這樣，我才拿淺村同學沒轍。

他總是令我動搖，讓我不知道自己這份感情該往何處走。

感情特別好的兄妹，還是情侶？

我，希望彼此的關係落在哪一邊？

他，希望彼此的關係落在哪一邊？

那一天，我們明明已經決定要這麼做，惡魔卻在心底低語。

——妳所期望的關係，真的只有這樣嗎？

每當他對我說出那些溫柔話語時，不知為何我都會有個念頭。

好想摸他的臉，教訓那張隨隨便便就能討人家歡心的嘴。

當然，我沒有什麼敵意。

好想碰碰他——這種感覺油然而生。

就像在無人看見的密閉房間內抱住他那時一樣。

可是，突然做這種事會嚇到他。不知究竟要在什麼時機才可以的我，無法採取行動。

今天就用我喜歡的入浴劑吧。

用喜歡的香氣裹住自己，讓這顆躁動的心稍微平靜一點。

10月21日（星期三） 淺村悠太

早晨的冷空氣從棉被縫隙鑽了進來，已經清醒的我只得讓雙腳摩擦取暖。

冬天將近，接下來只會更冷，起床也會變得更難。

儘管捨不得被窩的溫暖，我依舊踢開被子，強行起身。

鬧鐘幾乎就在同時響起。我用力一拍，停下它的聲音。

「贏了。」

雖然和鬧鐘戰鬥毫無意義，但這種小小勝利能左右一整天的心情……不，說得太誇張了。

今天是奈良坂同學的慶生會。

我邊想著「壓力好大啊～」邊做上學的準備。不安之處，在於我不知自己能否和奈良坂同學應該會邀請的其他友人好好交談。

準備完畢後，我走向餐廳。

綾瀨同學已經吃完早餐，準備要出門。她洗好自己用過的餐具，放進瀝水籃。

「早安。今天起得真早。」

「因為要去一趟站前。」

我向綾瀨同學打招呼後，她這麼回答並抓起書包。

對喔。她好像說過要去站前買送給奈良坂同學的禮物。

「我出門了，爸爸。」

「嗯，路上小心喔，沙季。」

「哥哥也是。」

「慢走，綾瀨同學。」

「嗯。」

綾瀨同學輕輕點頭，走出家門。

「老爸你不急著出門？」

「嗯，今天可以慢慢來。」

大概是沒之前那麼忙了吧。

我打開保溫中的飯鍋，隔著迎面撲來的熱氣，可以看見白米飯裡散落著黃色的小點。些許甜香掠過鼻子。

「這是……」

「栗子飯。煮得很好吃喔。沙季連飯也煮得很棒呢～」

要是綾瀨同學在場，可能會謙虛地說「只是把配料混進去煮而已」。

話雖如此，不過看上去的確——

「感覺很好吃耶。」

我把飯盛進碗裡，坐到椅子上。其他還有……黃蘿蔔、醋漬蕪菁，然後是醃梅子嗎？以及一如往常的味噌湯。今天的湯料是切得比較大的長蔥。

坐在我面前的老爸，飯碗已經空了。

「老爸，要再來一碗嗎？」

「喔，不用，沒關係。我差不多該出門了。」

「了解。」

飯裡面的栗子，切成和拇指前端差不多大。我試著夾了一塊放進嘴裡。

「好燙！」

我將又熱又軟的栗子咬碎，甜味便擴散到整張嘴裡。這是秋天的味道。

「嗯。好吃。」

「對吧？」

「會不小心吃太多呢。」

啊，難怪。所以今天配菜比較少。

老爸出門上班，我也將吃完飯後的餐具洗好放進瀝水籃。到頭來，我又多盛了兩碗。或許吃得有點太悠閒了也說不定。

我走出家門的時間比綾瀨同學晚了不少。就算是這樣，騎自行車應該還是勉強趕得上第一節課。我空手握住自行車的握把，冰涼的觸感讓我忍不住縮手。

儘管還沒有冷到吐氣成白霧，騎車時吹到身上的風依舊很冷。

很快就要進入真正的冬天了。

我在預備鐘聲響起的三分鐘前衝進教室。

放學後——

「那麼再見啦，淺村。」

丸簡單地向我道別，隨即奔向社團活動。

至於我呢，則要去奈良坂同學的慶生會。

『我要分開行動。你可以先過去。』

綾瀨同學中午傳來的訊息是這麼寫的。

綾瀨同學也是便服……嗎？

如果是以前，我大概會緊張過度，然而現在不一樣了。放輕鬆，對自己有信心一點就好。

我在樓梯口換鞋子時，見到穿著運動夾克的男生在跑步。從他沒拿書包來看，應該不是回家。大概是社團活動要跑步熱身吧。

——那個背影，是新庄嗎？

怪了，新庄沒參加奈良坂同學舉辦的慶生會嗎？我以為他會去。還是說，要等練習結束之後才會合？我都不知道他對網球這麼有熱情。

我騎自行車回家。綾瀨同學不在，不曉得是已經換好衣服出門還是尚未到家。反正是在那邊集合，應該無妨吧。

我已經不會為要穿什麼衣服而煩惱了。

只需要信任綾瀨同學的眼光。

我換上新買的外套，拿起智慧型手機啟動ＬＩＮＥ。詢問奈良坂同學她家住址之後，她傳了個附地圖的訊息給我。

「在那裡啊。」

就在補習班附近，我某次去補習班時有看到去奈良坂同學家的綾瀨同學。大致看得出在哪裡。有地方停自行車，代表我能直接騎車過去。

騎車來到奈良坂同學家附近後，我打開地圖放大顯示，左看看右看看，發現有個很大的綠色招牌寫著地圖上見到的公司名稱，讓我得以弄清楚自己現在的位置。

接下來，我便推著自行車移動。

路旁的人行道很窄，地面凹凸不平。

數分鐘後，我順利抵達目標公寓，將自行車停進訊息裡寫的停車場，接著走向一樓入口。

按對講機之前，我先用ＬＩＮＥ傳了訊息過去。雖說只要奈良坂同學在家就沒什麼問題，但如果應答的是她的家人，我便不知道該如何是好了。

不過我是白擔心。

在Ａｐｐ得到回應之前，我已經看見綾瀨同學和奈良坂同學準備從馬路對面走過來。

入口的自動門開啟，兩人朝我走來。

綾瀨同學穿著牛仔裙搭配寬鬆的芥子色開襟衫。裡面是露單肩款的針織毛衣，很符合綾瀨同學的風格——雖然也讓人擔心她這樣會不會冷。她看見我之後，輕輕點頭。

奈良坂同學則是揮著手跑過來。她的舉止還是一樣很像小動物。

「等很久了嗎～？」

「啊，不。我才剛到。」

我東張西望。可是除了她們兩個之外，沒有像是學校同學的身影。

「好啦，開始吧～！電梯在這裡！」

咦？

這是怎麼回事？

「其他人呢？」

「咦？」

妳歪著頭擺出一副「我聽不懂你在說什麼～」的模樣也沒用啊……

感到疑惑的人是我耶。

「妳邀請的其他人……」

「沒有喔～今天我只有邀兩個人而已～」

「兩個人……只有我和綾瀨同學啊。為什麼？」

「嗯～心情？」

我想，這應該算不上回答吧。心情啊……

「好啦好啦。在這種地方說話會擋到別人。很冷對吧。」

「啊，嗯。」

不知所措的我看向綾瀨同學，她卻別開目光。

怪了。該不會……她知道？

注意力被綾瀨同學表情吸走的我，沒聽到奈良坂同學在嘀咕什麼。

出了電梯，我們來到一扇掛著歡迎牌子的門前面。奈良坂同學從包包裡拿出鑰匙開門。

「來，歡迎光臨。請進請進，上來吧。」

「真綾，這雙拖鞋可以用嗎？」

「啊，嗯，就是它。淺村同學請用這個。」

我換上她遞來的熊熊圖案脫鞋。

穿過連接玄關口的狹窄走道，就是起居室&餐廚合一的空間。

第一印象是「好寬敞」。房屋格局是常見的公寓規格，和我家沒什麼差別。大概是3LDK。

「今天是這裡這裡～」

說著，奈良坂同學打開左邊的其中一扇門。

「不在起居室？」

對於綾瀨同學的問題，奈良坂同學回答「反正只有三個人嘛」。

咦，也就是說要在奈良坂同學的房間？

我頓時慌了。

說起女生的房間，我只有那種會冷汗直冒的回憶。

打從相識不久的那件事過後，我便盡可能地不去意識到綾瀨同學的房間，即使門開著也會別開目光。多一事不如少一事。

然而，奈良坂同學毫不在意，領著我們往她的房間走。

綾瀨同學拉住門一開就要進去的奈良坂同學，「啪」一聲把門關上。

「真綾，沒問題吧？」

「嗯？什麼事？」

「所以說……只有我就算了，淺村同學也在喔？進房間沒問題嗎？」

「呃……」

奈良坂同學以手指抵住下巴，瞪著天花板思索。

「給成年人看的書都有好好藏進抽屜裡，洗過的內衣褲和脫掉的制服也都好好丟進衣櫃啦？」

對於聽到的關鍵字，我選擇無心以對。無心。無。我什麼都沒聽到。

……這叫「好好」嗎？

「笨、笨、笨蛋！怎麼講那麼大聲啊！」

「我不會在弟弟們面前講的，放心吧。」

「那是理所當然的吧！」

「咦～可是除了這些之外，還有什麼嗎？」

「所以說……安全嗎？」

「沙季妳太愛擔心了啦～好啦好啦，沒問題的。一點也不可怕喔～」

「妳這種回答最可怕。」

綾瀨同學嘆口氣，將擋住門的手挪開。

奈良坂同學再次開門，迅速走進房間。

「打擾了……」

綾瀨同學說著，先一步進門。我也隨後跟上。

約三坪的房間裡，床擺在內側的窗邊，書桌貼著左側牆壁。這部分就算不想看也會映入眼裡。

為了以防萬一，我時時刻刻提醒自己不要東張西望。桑原桑原——我默唸起古老的避雷咒語，希望盡可能避免綾瀨同學的雷打下來。雖然我不曉得它對人類打的雷有沒有效果。

綾瀨同學「喔～？」了一聲。

「整理得很乾淨嘛。」

「要是我不整理，弟弟們就更不會整理啦。」

恍然大悟的我，也不禁感到佩服。

真的是姊姊呢。

「好啦，坐吧。」

圓形茶几周圍有三個坐墊。

奈良坂同學要我和綾瀨同學坐到靠內側的坐墊上，她則是最後才一屁股坐下。照她說的坐下之後，我才注意到某件事。

喔，奈良坂同學是要確保最接近門的位置嗎？

才剛坐下，奈良坂同學便冒出一句「啊，我去拿飲料」並起身離開，於是推測成了肯定。她果然是要坐在最容易招待客人的位置。照這樣下去，該接受款待的人就成了款待訪客的人了。

「這是真綾的慶生會耶。」

「說是這麼說，但我們也不能隨便在別人家裡亂翻……」

「是啊……」

就在我們煩惱該如何是好的時候，奈良坂同學拿著一點五公升的瓶裝茶和杯子回來了。

「那麼，開始吧！」

「所以說，真綾妳不用招待我們了，乖乖坐好。」

綾瀨同學抓住奈良坂同學的肩膀，強迫人家坐下。

「可是，款待客人是主人的本分呀？」

「真綾，妳今天是該被款待的那一邊吧。這是妳的慶生會啊！」

奈良坂同學不滿地嘟起嘴，但是正如綾瀨同學說的，我們才是幫人家慶生的那一邊。話雖如此，不過友人代表是綾瀨同學嘛，我也不方便表現得太過強硬。這種時候交給綾瀨同學，我在旁邊看應該就行了吧。

「或許有這麼一回事又好像沒這麼一回事也說不定耶~」

「有！好啦，這個拿去！」

綾瀨同學遞出紙袋。

「咦？這……不是禮物？」

「之後還要吃晚餐，所以分量不大就是了。」

從中拿出的白色盒子裡，裝了三塊小小的蛋糕。

似乎是在站前蛋糕店買的。她說原本沒有要買蛋糕，但是什麼都沒有又顯得很冷清，因此臨時改變主意。原來如此，分開行動是為了這件事啊。之後再拿錢給她吧。

草莓奶油蛋糕、蒙布朗、起司蛋糕。幾乎不會有「都很討厭所以全都不想吃」的情況發生，可說是王道組合。

「喔～看起來好好吃～」

「當然。沒有蠟燭就是了。」

「那麼，我去拿盤子和叉子過來。」

「所以說，妳就別亂跑啦。已經準備好了。」

「唔。」

奈良坂同學乖乖坐下，三個人的慶生會就此開始。

不過，現在講這種話雖然有點晚，但是我還真沒想到居然只有我們三個……

吃蛋糕之前，我和綾瀨同學送出生日禮物。

我送的禮物，是據說奈良坂同學迷上的動畫作品馬克杯。不是角色圖案很大的那種，而是平常就能拿來用的。

奈良坂同學開心地舉起杯子，然後很有禮貌地向我道謝。看來她很喜歡，真是太好了。

10月21日（星期三）　淺村悠太

綾瀨同學選的是茶匙和蛋糕叉組合。
握柄雕有以植物藤蔓為主題的優美圖案，頂端則是王冠形狀，相當時髦。
「哇，好可愛！」
「買不起銀製品就是了。」
「已經夠了啦～謝謝妳，沙季。對喔，用這個吃蛋糕就行了！」
「我可沒有考慮到這種地步喔。畢竟只有兩組。」
「啊，我沒關係。我用盒子裡的就好。」
盒裡有蛋糕店附的簡易叉子。
「機會難得，我想用這個吃。」
「先洗過比較好吧？」
「也對～我拿去洗一下。這總可以了吧？」
「嗯。」
「好的好的～那麼，我馬上回來喔！」
奈良坂同學離開房間去洗收到的湯匙和叉子，順便為缺少餐具的我拿了家裡的湯匙和叉子回來。她果然很會照顧人呢。這就是長年過著現實的姊姊生活所學到的姊姊之力嗎？

我們以倒進杯裡的茶乾杯，慶祝生日。

吃蛋糕時，奈良坂同學的媽媽也拿了點心過來打招呼。她和奈良坂同學很像，是一位看起來很溫柔的母親。她拿來的茶點，我們也不客氣地享用了。一直在吃，讓我有點擔心會吃不下晚飯。

這麼說來，老爸有事先聯絡我，說他會和同事吃過飯才回家。亞季子小姐也要工作到深夜才回來，所以今天可以不需要急著準備晚飯。看樣子，老爸的忙碌也過了高峰期。

吃完蛋糕的綾瀨同學和奈良坂同學，開始聊起夏天去泳池的回憶。一直很緊張的我總算能稍微放鬆一點，於是將手放到坐墊後方。

背碰到東西，於是我連忙起身。

三坪房間內有床、書桌、茶几，以及兩個貼牆擺放的櫃子，實在沒有多少空間能讓手腳自由伸展。

我戰戰兢兢地看向背後那個差點撞上的櫃子，發現似乎是周邊商品的收納&陳列空間。看來沒弄壞東西，讓我鬆了口氣。

10月21日（星期三）　淺村悠太

奈良坂同學喜歡動畫這點，我已經在選禮物時聽綾瀨同學說過，不過那些周邊商品之中，有個好像在哪邊見過的模型。

模型……應該說是機器人吧。

我很快就想到覺得似曾相識的理由。夏天，丸說要送給網友而跑了好幾家店才買到的限定周邊商品，和這個一模一樣。

喔，這個果然很受歡迎啊。

「這麼說來，沙季也很快就要生日了對吧～記得是十二月？」

奈良坂同學的聲音，將我的意識拉回現實。

不知不覺間，話題轉為綾瀨同學的生日。

「喂喂，淺村同學，你生日什麼時候？既然是哥哥，表示比沙季要早對吧？」

奈良坂同學轉向我問道。

「十二月喔。」

「咦？同一個月？」

「剛好比我早一週。」

「什麼嘛～當哥哥的時間只有一週啊。」

聽她這麼一說，確實沒錯。一週過後我們就是同歲。話雖如此，但我們又不是小學生，不會因為大了區區一歲就要別人把自己當成年長者看待。

「嗯，只有形式上是嘛。」

「不過，讓沙季這麼可愛的女生喊『葛格！』很開心吧？」

「真綾妳別再講那個了啦。」

綾瀨同學一本正經地說道。

「不需要害羞嘛～」

「就是因為會尷尬才要妳別講。」

「那麼，『葛哥』？」

「這樣沒什麼差別吧。」

「不然不然，我就大大讓步……『哥哥』。」

還真搞不懂到底哪裡讓步了——實際上，我根本沒有這麼吐槽的餘力。

我不由得一驚。

因為奈良坂同學這聲「哥哥」喊得理直氣壯，彷彿說話者就是綾瀨同學。讓我產生了是綾瀨同學在喊我的錯覺。

雖然綾瀨同學如今只有老爸或亞季子小姐在場時才會喊我「哥哥」，奈良坂同學根本不可能看見那種場面。

「別……別再說了。」

「咦～有什麼關係嘛。反正真的變成妹妹啦～還是說，已經喊過了？」

「淺村同學就是淺村同學吧？」

「這樣太無聊了啦。」

「不是無聊與否的問題吧。好啦，這個話題到此為止！」

綾瀨同學「啪！」地拍了一下手。

奈良坂同學雖然一臉不滿，但是轉眼間就像忘了自己說過什麼一樣地露出笑容。

「你們都像這樣來幫我慶生了，這麼一來，十二月你們的慶生會要辦得盛大一點才行嘍！」

辦得盛大是打算怎麼樣啊？

聽到應該很喜歡熱鬧的奈良坂同學這麼說，些許擔憂先一步浮上心頭。我對於生日派對可沒有那麼執著。

若要問原因——

「十二月出生的人啊，生日總是會留到耶誕節才一起慶祝。」

我一講起和家人慶祝的經驗談，綾瀨同學就「我懂！」地表示同意。果然是這樣啊。

回想當時家中的狀況，生日實在是很寶貴。畢竟只有這天父母不會吵架。就算要和耶誕節混在一起慶祝，我也沒什麼怨言。

只不過……

會覺得有點虧對吧——我這麼說道。

綾瀨同學用力點頭，可能她的狀況也類似吧。

就在我們聊這些時。輕輕的「嘰」一聲響起，於是我往門的方向望去。年紀大概還在上幼稚園的男生，從細小的門縫偷看。

幾乎就在同一時間，奈良坂同學也回過頭。

「喂～姊姊說了忙著陪朋友吧～去媽媽那裡！」

儘管她這麼說，小男生依舊盯著我們。

不，從視線看來……應該是盯著桌上的點心。奈良坂同學也注意到了，卻靜靜地搖頭。

「不行不行。馬上就要吃晚飯了吧？」

「好奸詐……」

「啊～真是的！」

奈良坂同學站了起來，轉向小男生那邊。

「也有你們的份，放心啦～不過，要先吃晚飯喔。」

「咦～」

即使如此，奈良坂同學還是沒有很凶地斥責弟弟，聲音十分平和。弟弟儘管不滿地鼓起臉頰，依舊在奈良坂同學的拍背安撫下轉過身去。

「好啦好啦，去找媽媽。」

「點心～」

「要先吃飯喔～」

「只有真姊能吃，好奸詐～」

「我來看看～講這種話的是哪張嘴呀～？」

「吼間啊～」

奈良坂同學一邊逗著弟弟玩，一邊把弟弟帶出房間。

外面鬧了一陣子之後——她究竟有幾個弟弟啊——總算安靜下來。

「啊～抱歉，被打斷了。」

「沒關係。」

綾瀨同學對回到房間的奈良坂同學說道，我也點頭。

「奈良坂同學的弟弟很有活力嘛。」

「**小鬼頭們**之一，他是最小的。」

按照奈良坂同學的說法，弟弟們和她的年紀差距似乎相當大。

「一堆需要照顧的弟弟，真的很累喔～」

嘴上說很累，奈良坂同學的表情卻顯得很愉快。

看得出她很疼愛弟弟們。無論是去逗弄弟弟或是弟弟跑來鬧她，她都很開心，我覺得這是好事。這麼說來我曾經聽說過，年紀相近的兄弟姊妹會是爭奪父母愛情的對手，但是年紀有差距的弟妹就會讓人看成保護對象。

換言之，心情上與其說是在陪弟弟玩，不如說是在陪自己的孩子嗎？

「奈良坂同學看來會是個好母親呢。」

想來她不會丟下孩子一個人跑出去。

奈良坂同學聽到我脫口而出的這句話，一臉無奈。

「淺村同學，這句話你只能對沙季說啦。」

「真綾，妳在講什麼啊？」

咦？

只能對綾瀨同學說……

我這才注意到，奈良坂同學將「會是個好母親」這句話當成「（對我來說）會是個很好的結婚對象」。如果是這樣，確實不該對奈良坂同學說……呃，不對。

「怪了？妳不想聽到？」

問題不在這裡。

「問題不在這裡吧。」

看來綾瀨同學和我有同感。

「妳不想當媽媽？要當爸爸也可以啦。」

「我很尊敬我媽媽，不過這是兩回事。我目前還沒考慮過這些。話又說回來，我也當不成爸爸吧。」

這就要看父母是指生物學上的角色還是社會上的角色了。

「啊，我明白了。」

「……怎麼樣？」

「妳想當新郎對吧！」

「妳是明白了什麼才會變成這樣啊？」

即使聽到人家以冷如寒冰的聲音這麼說，奈良坂同學依舊滿面笑容。奈良坂同學究竟是了解到什麼程度才能這樣調侃我們啊？

綾瀨同學嘆了口氣。

「為什麼我要和過生日的真綾吵這種事啊……」

不就是因為奈良坂同學一直裝傻嗎？

奈良坂同學注意到我的目光，擺出鬧彆扭的表情。

「那種沒好氣的眼神很傷人喔，淺村葛格。好啦，不要怕。」

我盯著伸到我眼前的小指。

這是要我怎樣？

「沒問題。就算你咬住我也會忍耐。」

「我才不會咬。」

10 月 21 日（星期三）　淺村悠太

「因為沙季在看嘛。」

「就算沒在看也不會啦。」

「真綾妳在說什麼啊？」

看來綾瀨同學不懂，真是太好了。

之後奈良坂同學又是連連裝傻搞笑，但終究沒有擊潰綾瀨同學的冷靜表情。

差不多到了奈良坂同學父親回家的時間，於是我和綾瀨同學告辭離開。

奈良坂同學接下來似乎還要和家人一起慶生。

她爸爸應該會買個能插蠟燭的大蛋糕，剛剛來打招呼的奈良坂媽媽也會做很多好菜吧。至於被弟弟們包圍的奈良坂同學，想必會開心地持續提供歡笑。

臨別時，綾瀨同學輕聲對奈良坂同學說：

「真是個幸福的家庭。大家感情好好。」

奈良坂同學一臉疑惑。

「妳在說什麼啊？」

「咦？」

「沙季妳啊，這是我的台詞。」

她右手比出手槍的手勢指向綾瀨同學，然後又把槍口挪向我，無聲地開槍。

「感情不是很好嗎？」

「真綾，妳在說什麼啊？」

「怪了？妳不想聽到？我的意思是兄妹感情很好。」

「呃，不是。」

「這樣啊，我懂了。換言之妳想聽到我說『夫妻感情很好』對吧？」

「誰、誰是夫妻啊……！」

「沙季的媽媽和淺村同學的爸爸。」

「嗚。」

我或許還是第一次看見綾瀨同學真的啞口無言。

「感情很好對吧？妳說過吧？」

「唔……嗯，是沒錯啦。」

綾瀨同學的臉有點紅，我想並不是因為走出公寓吹到冷風的關係。

奈良坂同學露出奸笑。

10月21日（星期三）　淺村悠太

「嗯？妳以為誰和誰是夫妻呀～？」

「我要回家了。明天見。」

「好。再見嘍～！淺村同學也是！」

絕對不會在這種時候繼續調侃，也是奈良坂同學能夠和綾瀨同學保持朋友關係的原因吧。聰明的宮廷弄臣，知道能夠諷刺國王到什麼地步又不會被砍頭。

「那麼，祝妳有個開心的生日。」

說完，我輕輕點頭，和綾瀨同學一起踏上歸途。

「真是的，就知道調侃別人。」

「可是啊……」

綾瀨同學看向我。

「如果看起來像是感情很好的兄妹，代表我們現在的距離感沒有錯。」

「這……話是這麼說啦。」

回家路上，綾瀨同學想起和友人的對話，一下子氣鼓鼓一下子無奈，偶爾還會顯得害羞。三不五時就改變主意嘀咕一句「真綾她真是的」。

這兩個人，感情真的很好呢。

相親相愛乃美事一樁。記得是武者小路實篤吧？雖然是在日本文學史留名的作家，他的作品我卻沒怎麼看。

不，這種事不重要。看見人家相親相愛，連自己也會不禁微笑。無論是親子、朋友，還是夫妻。

我想起老爸與亞季子小姐的臉。然後看向身旁綾瀨同學的側臉。

至少，要當一對不會在孩子們面前爭吵的夫妻啊。

我突然考慮起遙遠的未來。

但是，還在讀高中的我，根本無法具體想像將來的生活。

我不禁發抖。

寒風之聲從天而降。

10月21日（星期三） 綾瀨沙季

從真綾慶生會返家的當晚。

我在預習明天的課。

耳機播放著混著雜訊的和緩樂音。

我的視線在教科書上面來回移動，卻沒辦法集中精神，內容總是進不到腦裡，根本沒預習到。哎，反正是日本史，也不會有什麼需要事先解開的問題。呃，這是藉口吧，沙季。

集中力終於完全耗盡，我抬起頭來。此刻時鐘正好切換到23：33。啊，數字一樣。會冒出這種念頭，代表我已經完全沒有心情念書了……

去洗澡吧。

決定放棄的我走向浴室。

為了避免乾燥，我先喝了一杯水才泡進浴缸裡。將手腳伸直以後，能感覺到體內的緊張逐漸溶入熱水之中。

我重重地嘆了口氣。

「真綾她真是的。」

一想起和在真綾家入口大廳等待的淺村同學會合時真綾所講的話，臉頰便自然而然地鼓起。

她說：『不僅如此啊，要讓兩個年輕人獨處也可以喔？』幸好淺村同學沒聽到。真要說起來，慶生會的主角消失像什麼話？真是的。

對於我和淺村同學的關係，她究竟有多懷疑啊？

這個嘛，實際上我們是兄妹，所以人家稱讚我們感情好其實很自然，就算拿這點調侃也沒什麼問題。

真綾她和她弟弟的感情，不也很好嗎？

同理，這樣的肢體接觸應該還在兄妹的範圍內吧。這不就是說，如果淺村同學是幼稚園生，我對待他也能像真綾對待弟弟那樣？

幼稚園時期的淺村同學是什麼樣子啊？不過，一定有真綾的弟弟那麼可愛。

那張看起來很臭屁又很柔軟的臉，可以拉也可以戳……誰的？淺村同學的——呃，怎麼可能嘛？

我搖搖頭把妄想趕走。我到底在想什麼啊？

想想別的吧。淺村同學的生日是下下個月。雖然我也是，不過淺村同學的先。對喔……得想想要送什麼生日禮物才行。

思考一會兒後，預先設好的鬧鐘響了。

入浴時間大約抓個二十分鐘，在流汗前起身。如果泡在熱水裡超過這個時間，肌膚容易乾燥。

擦完身體後的保濕也很重要。如果放著散發熱氣的身體不管，肌膚會逐漸失去水分。

換完衣服，我把要洗的衣服收拾一下拿回房間（總不能留在更衣間的籃子裡），在睡衣外披了件外套後回到起居室，打開冰箱，倒了一杯冰涼的麥茶來喝。

很輕的開門聲傳來。

媽媽到家了。

「咦，真稀奇。這麼早。」

由於工作是調酒師，媽媽回到家通常是深夜甚至隔天早上。這麼一想，今天算是相當早。

「嗯……有點狀況。」

「哪裡不舒服嗎？」

「呼，沒事。沒有生病或感冒。**慣例的那個**。症狀有點重就是了。」

說著，她坐到起居室的椅子上。

「啊——」

我點頭表示明白。

「很冷吧。要不要喝點熱茶？」

「謝謝，麻煩了。」

我打開快煮壺的開關，然後坐到媽媽對面。

「現在妳會好好休息了呢。」

過去她就算身體狀況有點差還是會繼續工作。現在狀況不好會乖乖回家，和以前相比真的是變了不少。

和以前——再婚之前相比。

「或許是因為還有太一在，讓我覺得休息也無妨。」

媽媽看向寢室，這麼說道。

「因為有繼父在？」

「嗯。而且沙季也變得很可靠了吧？」

說著，她微微一笑。

一來覺得不好意思，二來知道以前是因為自己靠不住才讓媽媽不敢隨便休息，令我心裡滿是歉意。

不過，現在媽媽已經能選擇休息了。和以前不一樣。

因為她相信就算家裡有人倒下，其他人也會幫忙。有靠得住的家人在，讓她能夠放心。

快煮壺自動斷電，通知我開水已經煮好了。我泡了一杯無咖啡因的紅茶，放到媽媽面前。

「不止繼父，我也是隨時都能幫忙。」

「謝謝妳，沙季。」

我搖搖頭。

一想到媽媽的辛勞，就覺得我還是做不了什麼。要像媽媽信賴的繼父那樣……

「晚飯呢？」

「我有吃點東西，不用了。」

媽媽露出微笑，拿起手邊的遙控器打開電視。

新聞綜藝節目的熱鬧音樂響起。緊接著，畫面上便映出藝人開心逛街的影像，那些店鋪都以橘色的裝潢、燈飾弄得閃閃發亮。似乎是萬聖特輯。

「這麼說來，萬聖節要到了呢。」

「啊，嗯。」

可能是看見電視節目後想到什麼吧，媽媽突然冒出這句話，我倉促間只能隨口應付。

「一開始啊，我和太一討論是不是要去外面吃飯。畢竟是節日嘛。」

雖然是西洋的。

不過——澀谷賣酒的店當天生意會很好，所以大概要到早上才能回來。媽媽這麼說道。

「萬聖節是這麼重要的節日嗎？」

在我的認知裡，這個活動是為了一部分喜歡扮裝的人而存在的。

10月21日（星期三）　綾瀨沙季

「太一無論如何都希望大家一起慶祝。不過，馬上就要十二月了，他說慶祝留到那時候也行，已經準備好要在耶誕節休假了。所以，你們兩個的生日，我們就一家人盛大慶祝吧。」

聽到媽媽這番話，我點頭表示同意。

「嗯，我知道了。」

「怎麼啦，笑得那麼開心？」

「什麼也沒有。」

果然和耶誕節一起啊——一想到這裡，笑意便湧上心頭，的確是事實。

然而，不只是這樣。重點是能和家人一起慶祝。

從今年開始——

10月29日（星期四）　淺村悠太

奈良坂同學的慶生會過了約一週，週四早晨。

起床換好衣服後，我先去洗手間洗臉。

已經到了只穿襪子會覺得腳底冰冷的季節。我一邊踏步邊洗臉、刮鬍子，然後在臉上拍化妝水。

頭髮也用定型液稍微打理一下。所謂的稍微，就是指把翹起的亂髮壓下去那種程度。

從文化祭那時候起，我就效法綾瀨同學做這些早晨的例行公事，不過開始這麼做之後我才發現，家中沒保養皮膚的只有自己。

「沒想到，老爸的這個居然是化妝水。」

我以前都沒發現，洗手台上的藍色透明瓶子是男用化妝水。

這令我十分震驚。

而且回想起來，老爸遇上亞季子小姐之前，這玩意兒就已經擺在洗手台上了。

我想起老爸那句「別看我這樣，好歹我也跑過業務」。

老爸，不能小看。

同時也讓我感嘆，自己真的都不在意沒興趣的事物。

我不夠關心他人。不，說得更正確一點，是我缺乏讓他人了解好意的欲望。

雖然綾瀨同學說保持這樣就好，然而一旦與對她的心意有關，我就不想妥協。我希望照自己的步調走，盡可能地努力。

順帶一提，鏡子旁的置物台上，如今放的已不只是老爸的東西，還擺了亞季子小姐和綾瀨同學的瓶罐、乳液等，讓我實際體會到家人變多了。

家裡的人數變成兩倍，東西也增加為兩倍並不稀奇。即使如此，看見那些只有男人的家裡不會出現的種種東西，依舊讓人感到新鮮與尷尬（而且，聽到綾瀨同學說「那些正式的化妝用品不會擺在這裡」的時候，就更讓我吃驚了。究竟還要下多少工夫啊？）。

吃完早飯後，一如往常由綾瀨同學先出家門，一會兒後我才前往學校。

我騎著自行車在澀谷街頭奔馳。

迎面吹來的風，已經到了與其說清爽，不如說有涼意的地步。
一個月後應該會變為寒冷吧。
我一如往常將自行車停到停車場，一如往常在鐘響前五分抵達教室準備上課，結束晨練的丸則是一如往常一屁股坐到我眼前的椅子上。
「早安，丸。辛苦了。」
「嗯。不過嘛，這點程度算不上辛苦啦。」
「不愧是丸。」
「習慣啦習慣。就是因為當成特別的鍛鍊才會覺得累。只要把麻煩事變成日常習慣便不會放在心上了。」
雖然聽起來很謙虛，不過追根究柢，能把這種事當成習慣不就代表很厲害嗎？
班導師走進教室，早晨的班會開始。
此時發生了並非「一如往常」的事。
班導師發下傳單。
「募集義工」。
最上面這麼寫著。我看了看內容，似乎是要找萬聖夜隔天早上撿垃圾的義工。

「澀谷的萬聖夜很有名，但是隔天早上的垃圾超多。」

丸小聲說道。我點點頭。

這種事每年都會聽到。能夠讓家鄉熱鬧雖然很好，但是家鄉變髒就令人難過。

而且還有更糟糕的事。

若問垃圾丟著不管會怎麼樣，答案是烏鴉大量湧入，走在路上能看見老鼠從眼前跑過，而且是又肥又大的那種。

臭味也相當重。

「澀谷雖然被稱為日本的代表性都會地區，但是活動後的早晨真的很髒。非常慘烈。」

「你有經驗？」

「因為要晨練嘛。」

丸皺起眉頭，似乎是走過萬聖夜後的早晨澀谷街道。看來他的印象相當糟糕。班導師告訴大家「如果有興趣就參加看看」之後便走出教室。

「不過，這個時間相當早耶。怎麼辦？」

「為什麼要打掃那種被誰弄髒都不曉得的街道啊？」

「嗯，這麼說也是啦。」

和一如往常的早晨有些不一樣的小插曲，讓我感受到萬聖夜的腳步接近，以及現實並非只有快樂的部分。

這天放學後我要去補習班。

暑期班的經驗讓我開始定期去補習，該說持之以恆就是力量嗎？和春天那時相比，我的成績明顯有進步，也覺得自己念書的動力變強了。

不久之前，我還是抱著「雖說沒有特別的目標，但是讀大學當然是水準愈高愈好吧」的感覺念書，現在則有了比當時更明確的目標。

不止考上大學。我將目標放在更後面的就業。

進入薪水比較高的公司——為了達成這個目標，我希望具備能夠考進所謂一流大學（公立私立不論）的學力。

不是別人強迫，也沒人與我共享，是我自己找到的目標，只屬於我的目標。

這件事，我甚至沒告訴綾瀨同學。

不，正因為是她，我反而不能說。

10月29日（星期四）　淺村悠太

畢竟，我明明沒找到適合的高薪打工協助綾瀨同學獨立，她卻每天幫我做飯。考進一流大學，是我對於這種不平衡所採取的平衡措施。

雖然沒找到有助於她獨立的工作，但是為了不綁住她的生活，想得到隨時都能負責養活淺村家的力量也是很自然的事。

明明不是直接按照綾瀨同學的期望行動，卻把她是契機這點說出來，會讓人有種以恩人自居的感覺，所以我沒講。

抵達補習班所在的建築物時，綾瀨同學傳了LINE過來。

『下課之後，要不要一起去超市買東西？我想補齊明天早餐的食材。』

我沒異議，於是將下課時間告訴她，約好在補習班前碰面。

真期待。

打開教室門，我的目光落在眼熟的高個女生身上。是藤波同學。

空位只剩她旁邊，我輕輕地打了個招呼，坐到位置上。

補習班的上課時間，從18時30分到21時30分，約三小時。不過這天我只有選兩堂，兩小時就下課了。

20時20分。和綾瀨同學約在十分鐘後。

直到下課之前，我和旁邊的藤波同學都沒有特別聊些什麼。但是下課後她主動找我搭話。

「你好像變得不太一樣呢。」

我將文具和教材收進背包，同時看向藤波同學。

「是嗎？」

「嗯。交到女朋友了？」

「不算女友就是了。該怎麼說明才好呢……」

「原來如此。那要恭喜你。」

「居然這麼乾脆地接受啦？我明明講得很曖昧。」

「既然沒用肯定語氣，代表有難言之隱吧。」

藤波同學拿下眼鏡，以超細纖維布擦拭鏡片。

「既然和喜歡的人關係有了好的變化，那麼無論是女友還是砲友或其他，以結果來說都是好事。」

「多虧了藤波同學妳在背後推了一把，我才能往前邁進。真的很感謝妳。」

「那就好。雖然好，但是像這樣和其他女生親近行嗎？」

10月29日（星期四）　淺村悠太

她露出笑容，以調侃的口吻說道。

「呃……因為我把妳當成朋友嘛。」

「原來如此。我和淺村同學是朋友啊。那就沒問題了。」

看來她能接受，真是再好不過。

此時我突然想到某件事。

「這麼說來，藤波同學對澀谷很熟對吧？」

我也住在附近所以不能說不熟，但是不像藤波同學那樣有晚上還在澀谷街頭到處跑的經驗。若要問車站周邊的書店，我倒是熟到能畫出地圖。

「藤波同學好像對萬聖夜也很熟。」

「嗯，是啊。」

「當天會去玩嗎？」

「會。我很喜歡那種氣氛。」

雖然說到玩，但是她看起來不像會喜歡那種歡樂的派對氣氛，讓我有點驚訝。

「有點意外。」

「是嗎？不過，到了那種時候，大家都會變得很蠢，蠢到讓人嚇一跳，這讓我覺得

『人類就算這麼無藥可救還是過得下去呢』。」

說完，藤波同學揚起嘴角，擠出所謂的古樸微笑（Archaic smile）。這個笑容，和丸那種否定喧鬧派看起來完全相反，但是就某方面來說也能看成同義。

「無藥可救也能過，是嗎？」

「嗯。畢竟我們呢，說穿了只是從猴子稍微分化出來一點的動物嘛。」

「換句話說，妳平常對人類有所期待呢。」

聽到我這麼說，她眨了眨眼。彷彿在說，這句話出乎她的意料。

「是……這樣嗎？」

「有期待所以失望。我想就是因為這樣，妳才會不時為了勸諫過於期待的自己而保持平衡吧。」

「原來如此……我倒是沒想過這點。」

包包裡處於靜音模式的手機在震動，我連忙拿出來。是綾瀨同學傳的ＬＩＮＥ。通知欄顯示出訊息的第一行。

『我到補習班前了。』

我將手機塞進口袋，背起包包。

10月29日（星期四）　淺村悠太

只是單純陪她買東西，算不上約會。然而光是能和綾瀨同學兩人一起做些什麼——光是能夠和她共享一段時光，就令我雀躍不已。

「那個女生嗎？」

「對。我們約好在外面碰頭，她傳訊息過來……呃，在對話中看手機很沒禮貌對吧。抱歉。」

「啊，這種顧慮就免了。」

這個回答很符合藤波同學的風格。

不願綁住他人的行動，這點和綾瀨同學很像。

「那麼，我先走一步。」

「嗯，再見嘍。」

「好的，再見。」

說著，藤波同學快步走出教室。

擴音器傳出告知第三堂課開始的鐘聲。我便像遭到鐘聲催促似的，跟著離開了教室。

走出補習班所在的建築，發現天空已是一片黑暗。綾瀨同學就站在人行道上的路燈旁。燈光照耀下，我立刻認出她的亮色系秀髮與容顏。視線相交，她對我微微一笑。明明只是半天不見，卻讓我有種長途跋涉後才總算相會的感覺。

「等很久了嗎？」

我在走向她的同時問道。

她搖搖頭，簡短地回答「剛到」。她不是穿制服，而是套上開襟衫的便服。畢竟已是這個時間，先回家換衣服再過來也是理所當然的吧。雖然只是出門買個東西，卻還是老樣子無懈可擊的一身打扮，看起來非常適合她。

我是放學後直接過來的，所以依舊身穿制服。走在一起會感到不好意思，應該是我太在意了吧。

我們走向回家途中會經過的超市。

雖然我沒有對這件事念念不忘，但世間似乎已經做好迎接萬聖夜的準備了。

離超市入口不遠的陳列架，擺滿了季節限定的甜點。

「萬聖夜真是傷眼啊。」

聽倒我這句話，綾瀨同學想了一下才開口。

「因為橘色成分很多？」

「沒錯。」

很多包裝是鮮豔的橘色。

西洋南瓜的顏色。

發祥地原本好像是用蕪菁。那時候傑克舉的燈籠應該也是白色。

不過傳到美國之後，就成了比較貼近當地居民的南瓜。

由於是從美國傳來的，所以萬聖夜在日本也習慣用橘色南瓜。

塑膠的橘色南瓜容器裡裝了糖果。這種橘色亮到刺眼，所以光是看見擺著一堆就會讓人眼睛不舒服。

「百貨公司的活動會館也是這種感覺。」

「啊，對喔。妳去買奈良坂同學的禮物時看到的對吧。」

「那是原因之一，不過街上同樣擺了很多。」

仔細一想，商店街一角似乎也像七夕那樣，不知為何行道樹上掛著萬聖裝飾。

「這麼說來也對。」

「但這種季節性商品，節日過後很快會換掉。」

我點點頭。

活動結束之後，就賣不出去了。

想來等到萬聖一過，這個架子就會擺上耶誕商品。於是人們便會感受到今年已經沒剩多少天。

「不過嘛，耶誕商品光是有綠色這點，對眼睛來說就友善多了。」

「淺村同學，你對活動的看法很有趣呢。」

「會嗎？」

「會用賣場顏色組成來評價活動的人，應該很少見。」

也可以說我對這些事不怎麼關心吧。

走過入口旁的限定商品架後，我和綾瀨同學開始採買。

雖然我覺得超市的商品配置每家都差不多，但是要怎麼逛就能看出每個客人的特色。書店也一樣。即使店家按照標準的逛店路線擺放，也常會發生例外。

「家裡的消耗品，有什麼不夠的嗎？」

綾瀨同學詢問將籃子放到推車上的我。

陪她來過好幾次之後，我知道她會一開始就決定好採購順序。應該是想讓效率高一點吧。或者該說，她的個性就是想要決定目標後再以最短距離達成。

買衣服時也是。簡直像是腦中從一開始就已經決定好通行路線。記得她是毫不遲疑地前往目標地點，然後再往下一處移動。

「呃……不夠的東西嗎？」

我翻找記憶，確認家裡有沒有什麼不夠的。

消耗品啊。

衛生紙和面紙都剩不少。倒垃圾用的半透明塑膠袋，應該還有沒開封的。洗衣精和柔軟精之類的也有剩。

綾瀨同學說道：

「看來現在沒有缺什麼東西。」

「就我記得的範圍，應該沒問題。」

印象中這幾天沒碰上什麼困擾——對喔，為了這種時候著想，或許一覺得東西有缺就該記下來。雖然隨身帶著筆記本很麻煩，不過這個時代只要對著智慧型手機講話就能留下紀錄。

「調味料也……啊，味霖可能快用完了。還有，胡椒雖然有剩，但是顆粒狀的黑胡椒應該快沒了。」

「這些也順便買一下吧。」

「嗯，我知道了。」

說著，綾瀨同學快步前進，我則是推著車緊跟在後。

來到蔬菜區前面時，綾瀨同學確認起各品項的價格。

像是「啊，好便宜」、「有點貴耶～」之類的。一下看蘿蔔一下看高麗菜，每次都會小聲嘀咕。

「綠色蔬菜整體來說有點貴耶。」

「這樣啊。」

綠色蔬菜就是指蔬菜裡像菠菜、蔥等有綠色葉子的。這種事我雖然知道，但是平常沒注意價格就不會曉得貴不貴。

「比昨天貴了約二十圓。」

「記得真清楚啊。」

「會嗎？我覺得很普通。」

只能佩服。因為我根本不記得昨天的價格。應該說，實際上我根本沒有每天確認菜價的習慣。

我們只有大致確認一下價格，就從蔬菜區前面通過。再來是肉類區，這邊也依序擺著雞、豬、牛。更前方則是放魚的架子，綾瀨同學雖然有看價格，卻沒有伸手拿。

「不買嗎？」

「菜單還沒決定。如果是一個人來，我會決定好明天的份就下手，不過今天有兩個人能把東西拿回家，我在想是不是要連之後的份也買好。」

提東西的人增加，選項也跟著增加是吧？

「若是這樣我就了解了。」

「抱歉，或許會有點重。」

「畢竟平常都是妳做飯給我吃嘛。這點小事只要說一聲，我隨時都能幫忙。」

我這麼說完後，綾瀨同學小聲嘀咕了一句「謝謝」。看著她略微害羞的側臉，再次讓我有了「我真的隨時都可以幫忙」的念頭。該怎麼講，兩個人邊討論邊買東西也不錯呢。

「嗯，決定了。那麼，肉類就買雞肉，另外加上幾樣蔬菜。在那之前，先去買快用完的調味料。」

「了解。」

我記得，應該是味霖和黑胡椒吧？

然後，味霖在哪裡？

「那裡。瞧，能看見醬油、伍斯特醬這些調味料的標籤。」

我們走到她所指的地方。

綾瀨同學拿起味霖的瓶子，稍微想了一下後放回架上。正當我疑惑時，她又拿起下面比較大瓶的放進購物籃。

「大瓶的比較好？」

「啊，嗯。最近總覺得減少得好像有點快。仔細一想，因為用量加倍了嘛。所以拿大瓶的。」

「這樣啊……數個月前，妳們家還只需要一半的量。」

「先前都用以往的感覺買東西，差不多得習慣了。」

「那麼，再來就是黑胡椒吧。」

反方向的架上擺著鹽、糖、胡椒等東西。我在最上面的架子發現要找的黑胡椒之後，向綾瀨同學確認過才放進購物籃。

再度逛起肉類區與蔬菜區的綾瀨同學，將雞胸肉和幾種蔬菜放進購物籃。我們正要前往收銀台時，她突然停下腳步。

「變得相當便宜呢。」

「嗯……？南瓜？」

「對。因為變便宜了，我在考慮要不要買。」

收銀台旁的特賣區擺了大量南瓜，可能是要配合萬聖節賣吧，還有「便宜喔」的標示。話是這麼說，不過那些理所當然是綠皮的日本南瓜，完全看不到萬聖要素。

「整顆太多，但是剖半應該吃得完吧……拿得動嗎？」

我試著從架上把切成一半的南瓜拿起來。不輕，卻也沒到讓人喊重的地步。

「沒問題。我會放進自行車的籃子裡。」

我們排隊結帳，請店員把點數加到超市App裡面後才離開。

走出超市的時候，夜色已經深了。

回程穿過澀谷中央街時，看見一群扮裝在路上走的人。

明明離萬聖夜還有兩天，這些人還真性急。單純扮裝是無妨，但是他們占用了不少空間就很麻煩。害我差點撞上去，實在難搞。

真是的，我自行車的籃子裡可是裝了重物耶。

到家時，已經過了晚上9點。

「今晚的菜是現成的，我去熱。」

「謝謝。不過這點小事，我可以自己來啦。妳不希望讀書時間被占用太多吧？」

「別介意。做菜時的空檔我也會有效利用。」

她從口袋裡掏出小小的英文單字集，得意地揚起嘴角。

雖然變化沒有明顯到能夠稱為「笑容」，不過這種有些孩子氣的舉止相當新鮮，再加上與平常的落差，讓人忍不住想笑。

我心想笑出來會很失禮，於是打開冰箱遮住忍笑的臉，並且把買回來的東西放進去。

綾瀨同學開始用微波爐加熱某樣東西，香氣撫過我的鼻頭。

「好香。那是？」

「照燒雞。再等一下喔。」

接下來的蔬菜擺盤和加熱味噌湯她也都不讓我幫忙，於是我去洗堆在流理台的碗盤。

晚飯時間待在家的老爸和綾瀨同學大概是先吃過了，碗盤有兩人份。我倒了洗碗精著手清洗。

「啊。」

「嗯？怎麼啦？」

綾瀨同學盯著我沾滿泡泡的手。

「放在那邊我就會去洗了啦。」

「不不不，妳扛太多了吧。我能回報妳的太少，這點小事不算什麼。」

「沒辦法回報嗎……明明根本沒這回事。」

「有吧。」

「沒有。你以為我沒發現嗎？你是為了撐起家計才努力念書的吧。」

「咦？」

我想，自己不太適合當賭徒。畢竟，我心裡所想的全都這麼簡單地寫在臉上。

「因為現在沒有能介紹的高薪打工嘛。至少要隨時都能幫助我和家人……之所以增加補習時數，也是衡量到投資收益後才決定的吧。就算支付上課費用，合計後依然是賺的。」

「好厲害……全都看穿了。」

「只要回想一下你增加補習時數的時間，這根本不難猜。更何況——」

她將杓裡的味噌湯倒一點進碗裡，嚐了一口後點點頭，接著說道：

「我一直在考慮你的事，當然會注意到這些呀。」

「……」

汗水突然冒個不停，應該是微波爐和爐火造成的吧。

洗碗盤的手明明淋著水卻完全不會冷，我在內心默唸「集中、集中」，專心地擦拭泡沫。

我偷偷瞄了綾瀨同學一眼，發現她也別開了頭，看不出她在想什麼。

這時，開門聲傳來。我不由得挺直身子。

睡眼惺忪的老爸打著呵欠走出來，到餐廳露個臉之後又走進洗手間。途中甚至順便偷吃了一塊剛熱好的雞肉。

就算會讓刷牙變成白費力氣，你還是想吃嗎，老爸？他還微笑著說「好吃」。

10月29日（星期四）　淺村悠太

剛剛怕他發現氣氛不對而縮了一下，導致我錯過責備他的時機。可惡的老爸。

只有我這個晚歸者吃的晚餐，包括味噌湯、白飯，以及當主菜的照燒雞。還有個盤子放著大片生菜。似乎可以用生菜夾雞肉吃。

晚餐後，就是悠閒時間。

我待在餐桌旁，一邊喝茶讓胃舒緩，一邊和坐在對面的綾瀨同學聊天。

話題是今天買完東西回家時碰上的扮裝集團。

活動正式開始前就這麼熱鬧，當天會怎麼樣呢？我們為打工在31日有排班感到後悔，覺得可能是個錯誤。

「以前都不會在這天出門，所以沒注意到。」

對於綾瀨同學這句話，我也點頭表示同意。

「感覺會很擠呢。現在已經人潮洶湧了。」

「說不定還會有人穿著奇裝異服走進店裡。」

「就算是這樣，書店員工要做的事也不會變。嗯，或許會嚇一跳。比方說看到喪屍妝之類的……妳會怕那些恐怖的東西嗎？」

「……不太擅長應付。」

綾瀨同學補了個「不過」。

「如果和你待在一起，應該沒問題。」

若是這樣，那該慶幸我們兩個都有排班了。

10月29日（星期四） 綾瀨沙季

萬聖夜的兩天前。早上班會發下一張傳單。

「募集義工」。

這樣的標題寫在最上面。傳單是要招募萬聖夜隔天早上撿垃圾的義工。每年都擠到讓人覺得煩，誰還會想去撿垃圾啊？

這麼說來，我好像在大約一週前和讀賣前輩聊過萬聖話題。

前輩當時說：「機會難得，要不要扮裝？」

聽到她說戴上貓耳或許會很可愛，我瞬間冒出「真的嗎？」的念頭。

我的「武裝」不是以可愛為目標。

時髦和可愛雖然也有重疊之處，但是兩者不同。過去之所以沒放在心上，是因為沒有那種會希望聽到他說我可愛的對象。

不……記得大概到小學為止，聽到媽媽這麼說我還會很高興。

然而，我不覺得那個年紀的小孩會明白「可愛」是什麼意思。無論是「很帥」、「很漂亮」、「很時髦」，什麼都好。比起父母說的那個詞有什麼意義，小孩對於「自己受到肯定」這點更為敏感。

我的生父則另當別論。

每當我穿上媽媽為我挑的衣服，被周圍的人稱讚「好可愛」的時候，我的生父總是一臉不高興。

無論人家誇讚我的外表或我的成績變好都一樣。也就是說，周圍的人愈是對我表示讚賞，我的生父就愈是不願肯定我。

妳也像她那樣折磨我。

聽到這句詛咒般的話語，要我怎麼如何肯定「可愛」這個詞呢？

即使如此，我依舊去學習怎麼選衣服、怎麼化妝，因為我覺得要一個人活在世上就不該露出破綻，並不是想吸引別人的注意。

可是——

「沙季～」

聽到真綾的聲音，我抬起頭。

班會已經在我發呆時結束，班導師正要走出教室。相對地，真綾則是起身走向我這邊。

「真綾妳啊，要上課嘍。」

「哼哼哼～Trick or treat！給我糖果！」

「是是是。要惡作劇也行，沒糖果能給妳。」

真綾先是眨了眨眼，隨即露出笑容。

「那麼，戴上貓耳換上女僕裝，去卡拉ＯＫ一邊唱偶像歌曲一邊跳舞。」

「這也不行。」

真要說起來，這不是對我惡作劇，而是拿我來惡作劇吧？

「唉呀，玩笑先擺一邊～今年的萬聖夜是週六對吧？」

「好像是。」

「然後呢，當天大家打算來個卡拉ＯＫ派對！」

「啊，抱歉，我要打工。」

「友情和打工，哪邊比較重要！」

「打工。」

沒得比吧。更何況那是工作。

「這麼說也對。」

「是吧。」

「嗯，我知道了。打工加油喔。我去告訴大家妳這次缺席。」

「大家？」

大家是指哪些人啊？

「班上的大家呀。沙季，妳在文化祭的準備工作上花了不少力氣吧？」

「喔……是啊。」

比當天被逼著當服務生要來得好。

「因為妳毫無怨言地做那些不起眼的幕後工作嘛。大家都很感謝妳喔。」

「沒什麼。我只是做自己能做的事而已。」

我根本沒想過會得到這種評價，何況他們只是以前都不知道而已。

不過，這也就是說，大家都想當服務生？她們都想要穿上那種扮裝用的衣服說「主人，歡迎回來喵！」嗎？

……騙人的吧？

這麼說來，淺村同學的朋友丸同學……是嗎？他說要跑遍每一間概念咖啡廳。不知道他有沒有達成目標。在男人眼裡，那種裝扮果然很可愛嗎？

如果我穿上那套衣服，淺村同學會不會這麼對我說呢？

「又在想淺村同學的事對吧？」

「咦，妳在講什麼？」

真綾「呵呵」地笑著，回到自己的座位。

最近她好像能讀我的心，有點恐怖。

放學後——

反正沒打工，所以我早早回家。解決掉作業之後，我突然想到，這麼說來淺村同學今天好像要去補習班。

記得補習班有個和他處得不錯的女生。

他會坐在那個女生的旁邊上課嗎？

我突然很想見淺村同學……因為，那個女生能一直看著淺村同學的側臉。

啊，多麼難看的感情啊。

他勤於補習的理由，我明明隱約猜得到。有這種多餘的雜念，對他很失禮。

我每天做飯，相對地他要幫我找到高薪打工——這是一開始的交易內容。雖然我覺得那種約定能當成時效已過，但淺村同學怎麼想都不是個輕視約定的人。

照理說，他會一直從他的角度思考要給我什麼和每天的餐點相抵。若是這樣，暑假後他明顯增加了補習班的時數，想必也是考慮到將來，才把去補習班當成對我的**信用償還計畫**的一環，這點我很快就猜到了。

實際上，淺村同學的成績持續進步。就算在補習班認識女性朋友，也沒有因此分心遊玩，看考試結果就一清二楚。

即使理性這麼想，坐立難安的感覺依舊在我心頭揮之不去。

我啟動ＬＩＮＥ，傳訊息給他。

『下課之後，要不要一起去超市買東西？我想補齊明天早餐的食材。』

突然說這種話，我很怕他會起疑心。平常我會拿家裡有的來做或加工，今天卻特地挑在這麼晚的時間去買東西，可能會顯得太過不自然。

但是，他立刻回訊說約在補習班前碰面，還附了下課時間。

我暗自鬆了口氣。

10月29日（星期四）　綾瀨沙季

重新戴上耳機。此時流向鼓膜的，是混了宛如在水中漂浮般雜訊的溫柔樂音。我將心靈交給低傳真嘻哈，集中力逐漸歸來。

於是我打起精神，將手機的計時器設為二十五分。

注意力緩緩聚焦於眼前的筆記。我宛如沉入水底一樣，拋開纏住自己的雜念。

就連耳邊奏響的音樂也逐漸遠離……

就在解完問題7時，嗶嗶嗶響起的電子音打斷了我，於是我重重吐了口氣。好，休息。我將計時器設為五分，放鬆緊繃的身軀。

這是我最近才開始用的集中方式。番茄工作法（Pomodoro Technique）。反覆進行二十五分鐘左右的專注，以及五分鐘左右的休息。

起先我還在想「專心的時間會不會太短？」「這樣什麼都做不了吧？」然而試過之後，我發現這種長度要專心作業不成問題。

據說人類需要設定期限，才能面對期限使出全力。設定二十五分鐘這種極短的期限並一再重複，能讓腦部保持在期限將至的狀態下作業——似乎是這樣的機制。

當然，集中時間也會因人而異，不過目前這樣很適合我。我打算改天也教淺村同學這麼做。不過，說不定淺村同學又會講什麼「自己給的東西不對等」之類的。

又重複一組之後，差不多到了該準備晚飯的時間。

我停下動筆的手，拿起小小的英文單字集，走向廚房。

今天晚飯時間預定會待在家裡的，除了我之外只有繼父。淺村同學去補習班要回來才吃，而且不需要準備媽媽的份。

今晚是白飯、味噌湯、照燒雞。不需要費工夫，很快就能做好。

就在晚飯弄好時，傳來玄關門打開的聲音。

繼父回來了。

「我回來了。喔，好香啊。」

「是照燒雞。現在能趁熱吃，要馬上吃嗎？」

「嗯，那麼可以麻煩妳嗎？」

「好。」

趁著繼父回自己房間換衣服時，我做好上菜準備，把兩人份的餐點端上桌。

於是，成了父親與女兒兩個人的吃飯時間。

媽媽再婚之後，這種場面出現過很多次。她和淺村同學都不在家，吃飯的只有我和義父。實際上因為生父的關係，一開始我非常緊張。我想，我當時的態度應該藏不住心裡的芥蒂。

一個年輕女孩突然成為女兒，要拿捏距離想必很辛苦才對。關於這點，從繼父在交流時那種和淺村同學不太一樣的生澀感就能明白。或許，他已經聽媽媽說過我們以前的家庭環境是怎樣。

我還記得，為了不傷害我、不嚇到我，繼父說話時小心翼翼。

事到如今，這種場合已經不成問題。和淺村同學一樣，我很感謝繼父。

不過老實說，我心底依舊有個沒辦法無條件信賴成熟男性的自己。

不是繼父的錯。這就類似幼年記憶造成的反射作用。

或許也是因為萬聖節將近，令我容易想起小時候的記憶。

平常不會談的話題，自然而然地脫口而出。

「爸爸，你討厭媽媽的哪些地方？」

「咦……？咳、咳！」

這個問題想來出乎他的意料。繼父當場噎到，一小塊照燒雞從他嘴裡掉出來。

幸好雞肉落在盤子上。

「真突然呢。而且還是問討厭的地方。一般來說不是相反嗎？」

「喜歡的地方應該有很多，這點看平常的你們就知道了。」

我微笑著這麼補充，接著說下去。

「所謂的結婚，只看喜歡的地方應該無法長久。人類只要待在一起，必然會暴露讓對方不順眼的部分……我們一起生活已經好幾個月，我想差不多該看到什麼了吧。」

「嗯。原來如此啊。」

繼父用面紙擦拭嘴角，思索了一會兒。

我有點緊張。

擔心問這個或許管太多了。

但是，我希望現在的雙親能夠過和以前不一樣的幸福婚姻生活。絕不能讓繼父和對媽媽累積諸多不滿的生父走上同一條路，如果能在這時多了解繼父一點，或許就能事先避免悲劇。

「討厭倒是不至於，若要說不滿的地方，這個嘛……好比說看起來可靠，平常卻相當邋遢吧。」

「她確實有這樣的一面呢。」

「好比說只要我對悠太嚴一點，事後就會私下責備我。」

「喔？」

真是意外。

我從沒想像過，父母會討論對於淺村同學的教育方針。

想來他們也會討論有關於我的部分吧。

「還有，對於工作的抱怨有點長。」

「咦？媽媽還會抱怨啊？」

「偶爾才會就是了。不過一旦開口，就會講很久。」

「我都不知道……」

明明一直住在一起。為什麼她從沒讓我見到這一面呢？

「因為職場是提供高價酒類的店嘛。對於客人的抱怨內容，也有很多讓人覺得噁心的部分，所以我認為她是不想讓妳聽到。和我住在一起之前，她似乎大多是找職場的人訴苦。」

啊，有時候她回家特別晚，是因為這樣嗎？

導致生父不相信媽媽的理由之一，似乎就是她回家的時間不固定，所以生父才懷疑媽媽外遇。

不過，實際上如果生父可以分擔媽媽精神上的疲憊，媽媽大概就不需要在職場找人訴苦，能讓回家時間穩定下來。究竟是先有蛋還是先有雞，事到如今也無從確認了。

「那個……如果受不了媽媽的抱怨，請丟給我。由我來聽。」

我不禁探出身子，這麼告訴繼父。

假如目前的些許不滿膨脹後會導致那樣的不幸，就得在這裡攔下來才行。

繼父盯著我的臉看了一會兒後，露出溫柔的微笑。

「啊哈哈，沒事啦。別擔心，沙季。」

「可是……」

「我說啊，確實亞季子也有糟糕的部分。但是和我的糟糕之處相比，那些還算得上可愛。」

「咦？」

「以邋遢程度來說我自認不會輸，亞季子責備妳的時候我也會忍不住要她溫柔一點，至於抱怨我同樣會講一堆。一想到這些都是彼此彼此，就不會去指責她有什麼不對啦。」

繼父爽快地這麼說道。他的眼神和淺村同學一樣溫柔，我能肯定這些都是毫無虛假的真心話。

「更何況啊，我和亞季子，都是以前碰上許多事，如今才會在一起的。」

「……是的。」

「我認為連討厭的部分一併接納，才叫做結婚生活。」

「連討厭的部分也……」

一語驚醒夢中人。

或許，真的可以安心把媽媽交給這個人。

而且，不只是媽媽。

「只是假設。如果我和哥哥變成很糟糕的不良少年也一樣？你會連我們不好的地方也接納，將我們當成一家人？」

「當然。」

繼父回答得毫不遲疑。

「……怎麼，妳想當不良少女啦？」

「啊，不，完全沒有。只是舉例而已。」

「只要不犯法……不，不對。當然大前提是要接受正當的處罰。就算你們犯了法，

我也不會否定彼此是一家人這點喔。絕對不會。」

「原來是這樣啊。」

——我，似乎喜歡上淺村同學了。不是以妹妹的身分喜歡哥哥，我想，我是將他當成戀愛對象看待了。

雖然還是沒辦法將這種決定性的話語說出口，但如果真的講出來，說不定繼父會欣然接受。

就像那天一樣互相擁抱，還有像在池袋看見的情侶那樣接吻……不，我還是不太想在別人面前這麼做，但是兩人獨處時應該可以。好想和淺村同學有這種男女之間理所當然的親密行為——我是否能委身於這種惡魔的低語呢？

……思考跳太快了。邏輯有問題。

我和繼父都沉默不語，對話就這樣曖昧地結束了。

回過神時，和淺村同學約定碰面的時間已然不遠。

「我去買點東西。」

「現在才去？已經很晚了耶。」

「沒問題，我已經和哥哥約好了。」

「話是這麼說，不過這麼晚還讓女孩子一個人出門……」

「我會繞過鬧區，避開治安相對差的街道。放心，和媽媽兩個人生活的時候，我經常一個人去買打烊前的特價品。」

「嗯～那就好。」

繼父看起來依舊不太能接受，不過算是得到他的許可了。

對不起，繼父。我實在沒辦法不跑這一趟。

因為聊著聊著，我愈來愈想見淺村同學了。

我在八點整走出家門。

抵達補習班所在的建築後，我確認時間，看準他下課傳訊息過去。

『我到補習班前了。』

我靠著路燈柱，以手機連上網路。

一邊讀著網路上的大考教材，一邊瞄向補習班入口。

看過去時，正好有個長得很高的女生走出來。

我的注意力被她吸引過去。她的身材實在太好，就像模特兒一樣。腿也很長。

目光下意識地追隨她的身影。

隱藏線條的針織毛衣，腰部以下不是裙子而是緊身牛仔褲。她是故意穿得不起眼吧？我之所以這麼想，在於上半身那件衣服是以方便搭配為前提，披著的外套顏色也有意識到流行趨勢。

如果露出那雙腿，男生大概都會盯著看吧。

「不不不，用這種眼光看人家很沒禮貌吧。」

我小聲吐槽自己。

嘆了口氣之後，我再度看向手機，然後將視線拉回建築入口。

有個眼熟的黑色身影從建築的光亮中走出來。

是淺村同學。

看見那張出現在燈光下的臉，曉得自己沒有認錯之後，我不知為何鬆了口氣。

我們就這麼前往回家會經過的超市。

我在買東西時注意到，淺村同學的公平理性，是種對任何人都會展現的溫柔。

雖然他本人似乎毫無自覺就是了。放在高處的黑胡椒粒，他會問「是這個嗎？」並且伸手幫忙拿，和試吃區的阿姨交談時也絕對不會擺架子。

他不會因為偏見或先入為主的觀念而改變與人相處的態度。雖然我的看法和淺村同學一樣，卻沒辦法表現得像他那麼友善。該說是因為我不太會營造那種親切的感覺嗎……

大概是因為見多了生父的粗暴態度吧。

我覺得，自己停留在「比他好」的程度。

買完東西經過澀谷中央街時，我們發現明明萬聖活動還沒開始，路上卻已經有很多扮裝的人。

走在彼此肩膀幾乎要相碰的路上，人潮令我頭暈目眩，讓我再次體會到自己的性格很難縮短與他人的距離。

面紅耳赤腳步蹣跚的人也不少，光是擦身而過就能聞到酒味。

我差點撞上某個搖搖晃晃的男人時，淺村同學立刻擋在中間當我的盾牌。

他一句話也沒說，就這樣為了我改走人比較少的路線。

淺村同學推著自行車，車籃裡裝了剛剛買的東西。我一邊以眼角偷瞄他，內心暗自想著——

這種時候，如果想要牽手，是不是可以老實說出口？

之所以沒有往前多踏出一步，則是因為他雙手都牢牢握著自行車的握把，沒有空出來的手。

這算是幸運？還是不幸？究竟是哪一邊呢？

到家時，已經過了晚上9點。

我幫淺村同學加熱已經做好的菜。

在補習班上完課，應該很累的淺村同學明明什麼都不用做，卻率先清洗繼父和我吃完飯的碗盤。

「放在那邊我就會去洗了啦。」

「不不不，妳扛太多了吧。我能回報妳的太少，這點小事不算什麼。」

聽到他這幾句話，我自然地這麼回答：

「沒辦法回報嗎……明明根本沒這回事。」

若是平常就不會說。

採取行動時什麼都沒對我說，大概是因為淺村同學不想以恩人自居。恐怕要等到真的能幫上我的時候，他才會坦白吧。

10月29日（星期四）　綾瀨沙季

沉默是金。

說不定，我要說的話會傷害到淺村同學的自尊心。然而，儘管再踏出一步可能會被他討厭，我依舊想說出自己的真心話。

「沒有。你以為我沒發現嗎？你是為了撐起家計才努力念書的吧。」

「咦？」

「因為現在沒有能介紹的高薪打工嘛。至少要隨時都能幫助我和家人……之所增加補習時數，也是衡量到投資收益後才決定的吧。就算支付上課費用，合計後依然是賺的。」

「好厲害……全都看穿了。」

「只要回想一下你增加補習時數的時間，這根本不難猜。更何況——」

緊張令我口乾舌燥。

我趁著正在加熱味噌湯，假裝確認溫度嚐了一口。不夠熱。

來，說吧。

試著把我真實的想法，稍微暴露一點吧。

「我一直在考慮你的事，當然會注意到這些呀。」

汗水突然冒個不停，應該是微波爐和爐火造成的吧。

上一次有這種感覺，是那天抱住他的時候。

那次以後，我再也沒有露骨說出自己的好感，也沒示意過想要有肢體接觸。

我不願把自己的期望硬加在他身上，除非他真的想要，否則我不會再提起這份心意。

「感情特別好的兄妹」，這種曖昧的關係，實在沒什麼能夠參考的對象，該在什麼時候、在什麼地方、前進到什麼地步，我全都不知道。

我偷瞄淺村同學的臉。他專心地洗碗盤。該不會沒聽到？

若是這樣，就等於我大膽地說出了會讓人非常害羞的話。

害羞與血液頓時一起湧入腦袋，於是我別過頭去。眼前的白色牆壁令人安心。

怎麼辦，該往前再踏出一步嗎？是不是該立刻轉身握住他的手，說出我希望有親密接觸呢？

就在我開始思考這些時，開門聲傳來。

緊接著，便聽到繼父滿是睡意的呵欠聲，我立刻挺直身子。

——不行。在家裡光明正大地和淺村同學有親密接觸，不是好主意。無論繼父人多好，事情依舊有先後順序。

繼父到餐廳露個臉之後，走進洗手間。還順便偷吃了一小塊才剛熱好的雞肉。

明明剛剛也吃過呀？

儘管閃過這種念頭，但是看見他微笑著說「好吃」的時候，我才明白。

啊，對喔。繼父他很擔心。

直到最後，他還是不太願意讓女兒在夜裡外出。想必在我和淺村同學一起回來以前，他都醒著等待吧。恐怕要像這樣看到我的臉，他才總算能安心睡覺。

我任性的代價，是一塊雞肉。而且是淺村同學的。

抱歉，淺村同學。對不起，繼父。

不過，儘管這麼擔心我，他依舊若無其事地原諒了我的過錯，讓我好安心。

也讓我更有勇氣面對和淺村同學的關係。

我有這種感覺。

10月30日（星期五） 淺村悠太

明天是假日，而且正好是萬聖夜。

活動即將到來，午休時間的教室裡，同學們有些亢奮。

有人說，慶典最棒的時刻是前夜祭，也有動畫內容是永遠持續下去的文化祭前一天。可能就是因為這樣吧，總覺得班上同學比往常來得浮躁。

我也不是不明白大家的心情。

畢竟到了當天，慶典的結束便會出現在眼前。

話又說回來，沒想到萬聖夜能讓同學們浮躁到這種地步。

要扮成什麼？要去哪裡玩？這類的對話此起彼落。

在這樣的教室裡，大概就我的桌子周圍三十公分以內顯得異樣。

「悠太，有空嗎？」

「呃……怎麼啦？你看起來很嚴肅耶。」

來到我們班的新庄，一本正經地向我搭話。他的模樣和平常相去太遠，讓我隱隱有種不祥的預感。

「有些話想和你兩個人談。能來陽台一趟嗎？」

「和我？」

「沒錯，和悠太你。」

「慢著慢著，新庄。你該不會要講些不太好的事吧？」

「不會。是很認真的話題。拜託你，友和。」

「嗯……算了，如果淺村答應就沒差。」

「我無妨。走吧，新庄。」

我站起身，先一步往陽台走去。新庄跟在後面。

可能是因為到了寒冷的季節，午休時間沒什麼學生待在陽台，頂多就底下能看見一些喧鬧的學生。明明是開放空間，卻沒有比這裡更適合講悄悄話的地點，想到這裡便讓人覺得不可思議。

「其實啊……」

新庄開口了。

「班上的萬聖派對結束後，我想和綾瀨兩個人去續攤。」

「……喔，這樣啊。」

當天有打工，所以她大概不會參加那個派對，但是我故意假裝不知道。我不想輕率地把她在哪裡做怎樣的打工講出去。

「不過在這之前，有件事我想確認一下。」

「確認？」

「悠太，你喜歡綾瀨對吧？」

咦——這聲疑惑有沒有說出口，就連我自己也不確定。

底下學生的喧鬧聲同樣逐漸遠去，感覺就像聲音消失一樣。

新庄握住欄杆的手映入視野。從手腕上浮出的血管，能夠看出他握得很用力。看來他也很緊張。這種感覺甚至有點拚命的態度，令我很意外。

在我眼裡，新庄圭介這個男生很聰明，而且說穿了很受異性歡迎。新庄和女生接觸時總是自信滿滿，我還以為他不會拘泥於單一對象。

新庄是另有所圖才和我交朋友。他會做出這種輕率的行為，大概也是因為對他來說，這只是個不算特別的遊戲——我原本擅自這麼認定。

但是新庄眼神沒有半點動搖，堅定地看著我的眼睛。

那是不想敷衍也不想欺騙的眼神。

「以兄妹來說？」

「你的話，應該知道我不是在講這個吧。」

「要是我回答這個問題，你打算怎麼辦？」

「這要看你怎麼回答。」

看來他無意退縮，也不打算逃避。

我不知道該怎麼回答才好。因為，我和綾瀨同學對於彼此的心意，究竟是將對方當成戀人看待，還是另外一種近似於親情的感覺，我們一直無法定義。

自己都覺得曖昧的概念，不可能對他人解釋清楚。這讓我感受到，情侶、兄妹這些簡單易懂的標籤究竟有多方便。

我喜歡綾瀨同學——此刻我能抬頭挺胸對新庄說出這句話嗎？

那天，在她房間相擁時所定義的關係……頂多只是感情特別好的兄妹。

照理說，和新庄兄妹的關係沒有兩樣。儘管如此，卻還擺出一副男友的嘴臉陳述對她的好感，這樣行嗎？

……真的是這樣嗎？

突然，我的思緒停擺了。

綾瀨同學是怎麼想的，我不知道。然而，我自己又是如何？

假設，只是假設。

放任新庄繼續喜歡綾瀨同學，是我期望的結果嗎？我願意容許新庄自由地邀約綾瀨同學出遊嗎？

我是否喜歡綾瀨同學——問出這個問題，說不定是新庄對我的體貼。

如果世界只靠我和綾瀨同學兩個人就能運轉，這種無法以既存概念解釋的曖昧關係要維持多久都行。

但是，既然像這樣與他人有所牽扯，定義就不能曖昧，需要有個能以共通語言呈現的普遍定義。

老實說，我所感受到對她的喜歡，是對於妹妹的？還是對於戀人的？沒有任何能夠斷定的證據。不過，如果告訴我說謊也無所謂，總之挑一邊，倒是有我認為「這個比較好」的答案。

「新庄。要回答也行，但是你要承諾我一件事。」

「承諾？」

「這只是我的答案，不包含綾瀨同學的答案。這個答案不會定義我和綾瀨同學之間的關係，希望你不要貿然做決定。」

「啊，嗯……雖然不太明白，但是我明白了。」

就算此刻我和綾瀨同學抱持的感情是愛情，也不可能大肆宣揚。我們頂多只是兄妹，不是情侶。我只能這麼宣稱，更何況綾瀨同學並未認定我是她的男友。以現在這個時間點來說。

然而，也有些事能以我個人的判斷來回答。

「不過呢，至少——」

既然不找出某種定義就無法放棄綾瀨同學，代表自己的感情便是這樣——對於這個結論，我沒有半點遲疑。

「——我喜歡綾瀨同學。希望這個答案能讓你滿意。」

說出這句話之後，我才理解自己是怎麼想的。

希望新庄放棄。這是我心中真實的想法。對於新庄產生這種念頭，顯然就表示我心底期望與綾瀨同學有更進一步的關係。

他會露出怎樣的表情呢？我試著打量新庄的臉。活到現在，我從來沒有面對過情敵，所以猜不到這種時候對方會表現出怎樣的態度。

是憤怒？是悲傷？還是鬧彆扭——各種想像瞬間閃過腦海，然而沒有一個是正確答案。

「這樣啊。」

很自然的表情。

聲音裡的情緒，彷彿看到早就曉得的模範解答時一樣乾脆、平淡。

「謝啦，悠太。謝謝你願意回答。」

「嗯。」

「那麼，再見啦。」

「嗯，再見。」

新庄伸了個懶腰，轉身邁步。

我目送他的背影離去後，再度望向陽台外面。

聽到我的答案後，新庄是怎麼想的、行動又會有怎樣的變化？我不是他本人，無從知曉。

但是，他說出口的那句「謝啦」，我覺得是發自心底。
想必他不會做什麼壞事——我樂觀地這麼想。
將自己對綾瀨同學的心意說出口，讓我覺得自己變得更堅強、更有自信。
或許這麼想，有點得意忘形了？

回到教室之後，原先在看教科書的丸抬起頭，擔心地問道：
「你們剛剛在談什麼啊？」
「他找我商量一些事。雖然詳情不方便說，但似乎已經解決了。」
「嗯……算啦，那就好。」
丸儘管有些懷疑，卻沒有繼續追究。
教室內能聽到好幾組人的對話。有人說明天要在澀谷集合辦個派對。
我為了帶開話題而詢問丸。
「所以，丸你有什麼安排？」
「萬聖夜那段時間的意思嗎？」
「對對。」

「那種派對咖的聚會我才不去。」

丸雖然這麼說，但我接著問「所以你沒有安排？」之後，他卻說人家找他參加卡拉OK聚會。

「淺村也來嗎？」

「我要打工，很遺憾沒辦法奉陪。」

丸說「這樣啊」，沒有硬要我參加。

沒什麼朋友的我之所以能和丸一直維持友誼，大概是多虧了他這種不會越界的性格吧。

新庄一腳踩得這麼深，我依舊忍住了，這應該代表我多少也有些成長吧。

話又說回來……

班上同學興奮的程度出乎意料，看來萬聖夜也會有不少學校的人聚集在澀谷。儘管如此，我和綾瀨同學這兩天卻都要去車站附近的書店打工。

剛剛才對新庄坦白自己對綾瀨同學的心意，講這種話或許有點怪，不過看樣子他應該不會到處宣傳。

要是不小心在別的地方被傳奇怪的謠言也很麻煩。我希望盡可能避免班上同學看見。

以往年的人潮來看，擠成那樣大概沒辦法仔細確認別人的長相。不過考慮到打工結束的時間，為了護送綾瀨同學，我們應該會兩個人一起回家。換句話說，我們會並肩走在澀谷街頭。

看在別人眼裡會有什麼感覺呢？

或許回程還是小心一點比較好。

放學後，我先回家一趟才徒步前往打工地點。考慮到站前的擁擠程度，我實在不想騎自行車。

愈是靠近澀谷車站，行人穿著奇裝異服的比例就愈高。

有穿黑色歌德洋裝，抱著掃帚的魔女。

有腦袋上插著斧頭的喪屍。

原本以為只是兩名普通的女子，卻發現她們臉上都貼著傷疤紋身貼紙，還化了嘴角流血的妝。

……萬聖夜是明天耶。

真要說起來，「萬聖節的前夕」，也就表示萬聖夜是節慶的前一晚。儘管如此，慶祝活動卻從前夕的前一天開始，這不是很奇怪嗎？

所謂的風俗習慣，在傳播到發祥地之外時，會扭曲原本的形式。

這很常見。不過，實際碰上還是會讓人嚇一跳。澀谷街頭簡直像是一棟巨大的鬼屋。

不完整的月亮高掛空中，底下已經成了百鬼夜行。

抵達打工的書店。一走進店裡，我就先有了心理準備。

許多裝扮和途中所見那些一樣奇特的人，以顧客的身分在店內徘徊。

前一天就這麼誇張啊？

不僅如此，換上制服以後，店長還親自拿了一頂形狀怪異的帽子給我。

「來。淺村小弟，這是你的份。」

「這是……什麼？」

「帽子呀。」

帽子頂端像剝開的香蕉一樣，分成五顏六色的好幾瓣往下垂，也就是所謂的「小丑帽」。

「這個……要戴在頭上？」

「沒錯沒錯。因為是萬聖夜嘛。今天和明天就麻煩戴著嘍。這也算是服務。」

服務——這算嗎？

仔細一看，包含店長在內，打工人員和正職人員全部都戴著同款帽子，顯得很好笑。

……這兩天有排班本身就是個錯誤嗎？

我認命戴上帽子，走向後場。

週六和週日不會進新書。這也就是說，週五會有大量的書進來，再怎麼清理書架也沒辦法一次就把全部都放上去。特別是那些比較厚的雜誌不能直接高高堆起，只能一本一本地錯開擺放。

賣了變少之後再擺上去，要反覆做這種事。

「我要進來了——！」

我一邊喊一邊走進保管存貨的倉庫。

「你太慢嘍，後輩。」

「我先到了，淺村同——先生。」

「啊，妳們已經到啦。辛苦了。」

在倉庫裡負責把書裝進推車上頭紙箱的，正是讀賣前輩與綾瀨同學。她們似乎比我早了一點抵達。

看見綾瀨同學的臉，我的心臟便猛然跳了一下。想起午休與新庄談話的內容，讓我的臉頰有些發燙。

因為，我已經將綾瀨同學定義為該歸類到戀人那邊的存在。事到如今，我才明白自己做出多重大的決定，反省的念頭頓時湧現。

「後輩，你遲到嘍，遲到！」

「咦？」

怎麼可能？

「還差五分鐘。沒問題的，淺村先生。」

「喔，嚇我一跳。」

保險起見，我確認了倉庫裡的時鐘。和綾瀨同學說的一樣。原來是讀賣前輩慣例的玩笑啊。

10月30日（星期五）　淺村悠太

原先蹲著把雜誌新刊放進箱子裡的讀賣前輩，「嗯～」地把手舉高，挺直腰桿站起身來。

雖然看起來像是工作得很累，但是從排班時間看來，應該才剛開始。

「這麼快就累啦，前輩。」

「嗚哇～沙季，後輩把我當成老人家～」

「可是，妳剛剛確實說了『好累』。」

「被、被出賣了……嗚～嗚～嗚嗚嗚。好過分。沙季妳站在哪一邊啊！」

「這種打扮裝哭也沒什麼效果。」

綾瀨同學吐槽。

這倒是真的。頂著小丑帽還把手指放在眼睛下面裝哭，怎麼看都是小丑表演。

「妳已經完全適應這份打工了呢，沙季。這樣啊這樣啊，那麼，表示需要別的攻擊手段嘍～」

「真要說起來，應該還有『不攻擊』這個選擇。」

「沒有。那樣很無聊吧咻！」

讀賣前輩喊著不知道是哪種方言的神祕詞彙，轉身背對綾瀨同學。然後朝著我走來。

她伸出雙手，彎起手指呈爪子狀並說道。

「噗噗～！後輩，Trick or treat！要是不給糖果，我就要搗蛋喔！」

說著，她便像喪屍那樣伸著手逼近。

而且十根手指動來動去。

「萬聖夜是明天耶。」

「太天真了！所謂的慶典，會偷偷在前一天趁你不注意的時候上門喔。來吧，把糖果交～出～來～」

「妳那樣純粹只是在要糖果吧。更何況，我才不想管那種像喪屍一樣靠過來的慶典。」

「喂，還想抵抗嗎！」

讀賣前輩再度轉換方向，從背後抱住綾瀨同學。

「看！人質喔～如果不給糖果，我就對你妹妹搗蛋喔～」

「咦，等一下。那個，嗚，好、好癢……」

「哼哼哼，不給糖果的壞孩子在哪裡呀～」

10月30日（星期五） 淺村悠太

讀賣前輩，妳把它跟生剎鬼混在一起了吧。

「停，前輩。妳那樣有可能真的形成職場霸凌，所以我要從法令的角度喊停。知道啦，給妳糖果就行了對吧。」

我這句話一出口，她便停下動作。

真現實啊。

「很好很好。後輩，你身為哥哥，要和可愛的妹妹見面時總會準備一兩個糖果放在口袋裡吧？」

世界上根本沒有那種哥哥。

知道我和綾瀨同學是無血緣兄妹的讀賣前輩，三不五時就會這樣調侃我們。

這倒是無妨。糖果、糖果啊……

「知道了。我明天會準備點東西。」

「喔，說好嘍！要是敢毀約……」

放開綾瀨同學的讀賣前輩重新轉向我說道，同時雙手還動來動去的。

「今天這樣就和輕拳試探差不多，明天會更厲害喔～」

「是是是。」

時鐘的指針，此時正好指著班表的開始時間。

「啊，時間到了。休息時間結束！後輩、沙季！好啦好啦，該去工作嘍！」

「最沒在做事的就是前輩妳耶……」

儘管如此，開始工作後前輩的效率依舊很高，畢竟她做得比我和綾瀨同學久。而且，她似乎事前已經確認過平台的狀況，一邊嘀咕著「這個已經賣了不少，所以再追加兩本」一邊俐落地把雜誌放進箱裡。

在後場和賣場之間來回數次把架上書補齊之後，我們三人便稍事休息。

我們一邊喝著辦公室免費提供的茶一邊閒聊，話題自然而然地轉向明天萬聖夜怎麼過。

假日原本該玩鬧一整天，但是我們三個能玩的時間只有打工前與打工後。

一問之下才曉得，讀賣前輩明天下班之後似乎要和大學的朋友扮裝在澀谷街頭到處亂晃，接著徹夜唱卡拉ＯＫ。不愧是大學生，可以光明正大夜遊。而且，據說連指導她們的副教授也要參加。

似乎是想親眼目睹年輕人在萬聖夜有多放縱。

「儘管她說『這是學術調查喔，讀賣同學』，不過會讓人覺得老師只是自己也想玩，對吧～」

「該不會，就是那位老師？」

綾瀨同學以一臉發現了什麼的表情問道。

「猜對嘍～沒錯，工藤老師。」

「啊…………是。我懂了。」

聽到那個名字，綾瀨同學便一副洩了氣的模樣。讀賣前輩看見之後，「啊哈哈」地苦笑。

「看來妳吃了不少苦頭呢。」

「大學裡的老師，都是那種感覺嗎？」

「嗯～？我覺得工藤老師是例外喔～她的行動會超出常人理解範圍，這點相當有名。畢竟她是系上第一才女，腦袋像惡魔一樣靈活。」

「嗯，不說她像天使一樣聰明這點我能理解。」

光是在旁邊聽，都會讓人覺得真是一位不得了的老師。

……咦？話說回來，那個人——

「該不會，妳們口中的那人，就是以前和讀賣前輩一起喝下午茶的人吧？在鬆餅店那次。」

「這樣啊。後輩你偷聽是吧？」

拜託別講得那麼難聽。只是剛好路過才聽到而已。

「哎，無論如何，要是她不收斂一點，想進我們學校的人搞不好會變少喔～」

讀賣前輩嘆了口氣。然而聽到她這番話的綾瀨同學，卻小聲地講了句不可思議的話。

「我覺得，應該沒這回事。」

綾瀨同學的聲音很小，所以我也不清楚讀賣前輩有沒有聽到。

「真是個令人頭痛的老師，對吧？」

說歸說，讀賣前輩臉上依然掛著微笑。

10月30日（星期五）　綾瀨沙季

一大早，教室裡就浮躁不安。

我聽到的，都是在談論萬聖夜行程的聲音。

「要扮成什麼？」之類的對話此起彼落。還有些人為了在澀谷辦萬聖派對而湊到一起討論。

旁邊，真綾與班上幾個和她交情不錯的同學聚在一起。她們明天似乎也要一起弄個扮裝派對。

「不過，沙季。妳真的不來嗎？」

真綾問我這句，感覺上是保險起見。

「我有安排了。」

已經先排了工作，所以無可奈何。

「打工」這個詞還是先別提。聚集在澀谷的學生應該很多，如果追究下去可能會被找出打工地點。

更何況，說穿了我不太適應這種浮躁的氣氛。

不過──

現在的我會這麼想。沒錯，若是彼此夠親近，共度節日或許會很開心。彼此夠親近……如果對象是淺村同學，或許一起扮裝、一起在街頭漫遊也不錯。

即使不太適應。

和淺村同學在一起的時間──在一起的回憶。

我依舊想珍惜。

放學後。我為了打工來到澀谷站前。

太陽早已西下，過了黃昏時分的天空逐漸轉藍。

澀谷109影子拉得好長好長，越過馬路落在我腳邊。

從大樓縫隙所見的東方天空，即將染上夜色，撫過臉頰的風混著枯葉的氣味。吐息轉白的時刻即將到來。

一走進店裡，我便注意到打工前輩讀賣栞小姐在書架森林中轉來轉去。

彼此眼神對上，於是我輕輕低下頭。

就這麼走向女子更衣室。

「早安！沙季！」

跟著進來的讀賣前輩向我搭話。

「……午安。」

不知道為什麼，這位前輩總是用早上的招呼語。明明已經快要入夜了。

只不過，無論我們怎麼回應她都不介意，或許單純只是習慣。

「沙季，今天要從補充架上的書開始做起喔～」

「好的，我知道了。」

我和前輩，以及離排班時間剩下五分鐘時抵達的淺村同學，努力地補書。

到了休息時間，我們三人一起走進辦公室。

讀賣前輩還是一樣喜歡鬧淺村同學，一直耍著人家玩。

看來明天非得準備糖果給她不可了。

我要不要也試著對淺村同學說啊？Trick or treat。呃，我在想什麼啊？一點都不像我。

10月30日（星期五）　綾瀨沙季

接著我們聊起明天萬聖夜的話題。讀賣前輩明天打工結束之後，似乎要和大學的朋友一起扮裝夜遊。淺村同學很佩服她們這種大學生行徑。

那位倫理學老師好像也要參加。

倫理學副教授工藤英葉。

校園開放日的記憶復甦，當時的疲憊出現在臉上。讀賣前輩說，她是系上第一才女，腦袋像惡魔一樣靈活。「像惡魔一樣」這種說法，感覺很符合那位老師的形象。

我覺得，她是個會給身邊人找麻煩的人。一旦奉陪她，會比任何人都累，實在很難搞。說穿了，我並不擅長與他人對話，像淺村同學那樣能讓我放鬆交流的對象並不多。

「哎，無論如何，要是她不收斂一點，想進我們學校的人搞不好會變少喔～」

讀賣前輩如此評論那位擅長捉弄人的副教授。講得一點也不錯。對才剛見面的人不留情也不客氣地挑起論戰，一般來說會把人嚇跑吧。而且，那番議論根本就是以觀察人家如何應對為目的，不顧別人怎麼想。簡直像是拿人類做破壞性檢測。

真希望她多學點所謂的常識與客氣。雖然連我也這麼認為——

「我覺得應該沒這回事。」

我卻幾乎想都沒想地就這麼嘀咕。

活化大腦的每個角落並將它操到幾乎要燒掉，我過去從來沒有這種經驗。確實很疲憊，不過這種疲憊……

只是以倫理學者的身分活著。

既然她認定自己只是以這種生物的身分活著，那麼周圍的人大概也只能選擇接受或排斥。明知如此，卻還是只能選擇這種生存方式，會不會代表工藤英葉其實是個笨拙的人呢？

我想，我並不討厭這種人。

因為我也是一樣。

先結束休息的淺村同學走出辦公室。

目送他離開之後，讀賣前輩一句「話說回來啊」轉頭找上我。

「下定決心要在明天打工時扮裝了嗎？」

「還在講這個啊？」

上次排班重疊時，這位前輩居然找我在萬聖夜當天打工時扮裝。

「因為我想看貓耳沙季嘛，可以保養眼睛。」

「為什麼我非得提供前輩福利不可啊？」

10月30日（星期五）　綾瀨沙季

「我會教妳怎麼扮比較好看啦～要不然，結束後我們直接穿著去玩也可以。」

那個，我好歹也還是高中生耶？

「我不能參加有酒的活動吧。」

「放心，大學生一樣有未成年的，所以也會提供無酒精飲料。工藤老師在場，這部分大家分得很清楚啦。」

「理論上可以信任的人最不值得信任耶。」

聽到我這麼回應，讀賣前輩苦笑。

「工藤老師她啊，上次和妳玩得太過火了對吧～不過，我也很想和沙季玩喔。唉呀，我會教妳化妝方法，還會告訴妳什麼牌子的化妝品比較好。妳對這些有興趣對吧？」

老實說，這一點令人很心動。

化妝和穿著我都是在念書之餘學的，然而高中生實在太缺乏實際練習的機會。既然要求成年女性將化妝當成素養，就該多給高中生這種社會人士預備軍一些學習的機會——呃，事情沒這麼複雜。

我還是很感興趣。

「喔，上鉤啦？」

「我不穿喔。」

「嗯～其他還可以來個有益的意見交流會耶～沙季，妳去過美甲沙龍嗎？高中生應該沒有單獨去美容院的經驗吧。」

「畢竟我沒那麼多錢嘛。」

「可是，記住有哪些店不虧吧？還有拿到營養師證照的人傳授減肥菜單。年紀大了很難消掉脂肪喔～沙季，妳是不是已經插好了脂肪的旗子啊？」

「……妳們都在聊這些東西嗎？」

「要是都在讀論文，會把腦袋搾乾。如果想要放鬆，自然該聊些女生話題吧。當然會嘍。」

「我沒這種經驗，所以不清楚。」

「那麼，妳就試試看嘛。想想看，初體驗喔。還有……關於穿著方面的視線引導技巧、在心理學上容易吸引異性的服裝，這些學起來也不虧喔。不管是要穿得帥氣，還是要穿得可愛。對不對？」

「就類似知己知彼？」

「沒錯沒錯。」

「雖然有興趣，但還是不行。會讓父母擔心。」

「嘴巴上這麼講，其實是要和後輩去約會對吧？」

「才、才不是！」

前輩露出奸笑。

這天晚上，寫完作業洗完澡的我，只剩就寢。

我掀開床上的毯子鑽進去，隨即因為床單的冰冷而發抖。於是我連忙把被子拉到頸部。

或許差不多該換成冬季用的厚被子了。

確認過鬧鐘的時間之後，我關燈閉上眼睛。

就在落入夢鄉的前一刻，我突然想起幼年時的萬聖夜記憶。

那時我還是小學生。應該是三年級或四年級。

雖然已經和媽媽講好「要辦萬聖派對喔」，然而媽媽的工作終究還是抽不開身。這天晚上爸爸也出門不知道去哪裡，沒有回來。

我一個人在家。懷著寂寞的心情，在黑暗中點燃媽媽說要辦萬聖派對而買回來的蠟燭。

當時比現在窮，家也不怎麼大。那個當成餐廳的和室是四張半榻榻米大，只有一張很像矮腳飯桌的小圓桌。擺在中央的南瓜形狀面具裡，有一根橘色蠟燭。當時還是小學生的我，擦火柴為蠟燭點火之後，在熄燈的黑暗房間裡呆呆地看著燭火。

我想起不久前讀過的賣火柴女孩故事，自顧自地在腦中為光亮彼端描繪妄想。圍桌而坐的媽媽，溫柔的爸爸（臉我擅自採用當時看過的電視劇演員）。再來就是塗上滿滿鮮奶油的大蛋糕。

因為是小孩子，萬聖夜應該混了很多耶誕夜的要素。畢竟，我還想像了一隻很大的馴鹿當說話對象。

妄想裡的我相當多話，滔滔不絕地講著學校的種種，媽媽和爸爸（妄想版本）則是微笑聽著。

明知不可能，卻還是將它想像出來的空想之夜。

然後，我就這麼睡著了。

我被搖醒時，已經是早上。回到家的媽媽因為我擅自點蠟燭又睡著而生氣地責備我。

然後她又向我道歉，說「對不起，害得妳這麼寂寞」，緊緊抱住我——

我躺在床上，心想那時候的媽媽大概也繃到極限了。

被窩變得溫暖，我逐漸被拖進睡眠的漩渦之中。睡魔造訪，帶走我的意識。

那天夜裡的淡淡燭光，我至今依然忘不掉。

那是我的孤獨象徵。

南瓜形狀的燭台。現在還有沒有賣類似的東西呢？

落入夢鄉時，我腦中都在想這件事。

10月31日（星期六）　淺村悠太

十月最後一天。因為是休假，所以我起得比平常晚，悠哉地度過。

就這樣到了下午四點，我下定決心出門打工。

今天我同樣考慮到擁擠程度而放棄自行車，選擇徒步前往，也因此必須早一點出門。

綾瀨同學則是一如往常，和我分開行動。

愈接近澀谷車站，就愈能體會到今天是什麼日子。

明天就是為諸聖人慶祝的日子，萬聖節。

今天則是節日的前夕，萬聖夜。

許多扮成魔物的人在澀谷街頭晃來晃去。

喪屍、吸血鬼、木乃伊、狼人……從慣例的怪物到動畫角色扮裝都有，澀谷街道化為比昨天還要誇張的扮裝空間。

「讓人看得頭昏眼花啊……」

我一邊避開人群一邊嘀咕。

這種人擠人的熱鬧，令我嘆了口氣。

今天店裡大概還是會擠滿了人。

側眼打量著扮裝集團的我，抵達了打工的書店。

一踏進店門，就能看出裡面也化為一片混沌。

扮裝進門的顧客人數以及離開的人數，肯定增加了超過三成。

走進辦公室打聲招呼，我便準備換衣服。

「啊，淺村小弟。關於今天的收銀台——」

店長把和昨天一樣的小丑帽遞過來，然後告訴我，因為店裡會暫時賣些萬聖夜用的雜貨，待在收銀台時要多注意。

換完衣服走到店內，發現昨天沒見到的派對用品擺在收銀台旁的特設架子上。這些都是折扣商店應該有賣的小型扮裝用商品，包括各式各樣的蠟燭燈，不知為何連電子螢光棒都有。

想來是昨天打烊後才搬進來並擺上去的吧。

換句話說，這些東西都是只有今天會擺的特別商品。

現在並不是書店只要賣書就能安泰的時代。大概是店長認為，該趁賣得出去的時候多賣些能賣的東西吧。

雖然收銀台處理起來很麻煩就是了。

在更衣室換好制服的我，戴上小丑帽走向收銀台。從眼前的擁擠看來，今天顯然會很忙。

預測的結果愈糟，愈容易猜中。

莫非定律今天依舊充滿活力。

今天遠比平常忙上不少，根本沒有能閒聊的空檔。

澀谷街頭向來人潮洶湧，然而大概是因為萬聖夜碰上假日吧，來店的顧客已經多到不止加倍。鐵定是平常不會到澀谷的人也跑來了。

生意興隆雖然很好，但是收銀台的忙碌程度前所未見，到了下班時間我已經疲憊不堪。一直站收銀台害得我腳痛，明天一定會肌肉痠痛。

或許這還是我第一次羨慕丸那種平常就有鍛鍊的體育型。只不過，為了擁有不必為肌肉痠痛煩惱的肉體，必須先體驗過不知道多少次的肌肉痠痛，這個世界總是那麼沒道理。

而且所謂禍不單行，就在地獄般的打工時間即將結束時，發生了悲劇。

似乎有人吐在店門口。

大概是早早喝得爛醉的麻煩路人，但是放著不管一定會對生意造成不良影響。這件事非得有人處理不可，店長又必須待在忙得不可開交的店裡指揮，所以我雀屏中選也是自然發展。

我拿著一整桶水和拖把，踩著沉重的步伐走向店門口。

穿過自動門走到外面，便是犯罪現場。

犯人已經不見蹤影，只有醜惡的嘔吐物留在原地。真是的，有夠會找麻煩。

帶著寒意的秋季夜風吹拂之下，我一邊看著開心在街上來來去去的扮裝集團，一邊面無表情地動著拖把。

心裡沒浮現半點「這些人看起來好開心，真羨慕」的感覺。我從以前就拿這種吵吵鬧鬧的活動沒轍。

只不過看見男女結伴而行，目光便會忍不住被吸引過去。

此時此刻，就有看似大學生的情侶在店外的電影廣告前肢體交纏，零距離深情互望。

即使有許多行人偷瞄，他們也毫不在意，彷彿受到彼此吸引似的嘴唇相疊。

在池袋也看過這種場面，難道所謂的情侶非得在人前接吻不可嗎？

「嗯？」

我突然覺得不太對勁。

某人蹲在那對情侶面前，一直盯著接吻的兩人。

我的第一印象是**惡魔**。

擁有女性外表的惡魔。

戴著有黑角的髮箍，長了一條尖端像箭頭的細尾巴。裙襬膨起的黑色歌德洋裝與長袖袍子讓她看起來也像個魔女，大概是瞄準惡魔與魔女之間的扮裝。

若是平常，她必然被當成可疑人物。

不過，或許該說是萬聖夜的魔力吧，那麼顯眼的可疑人物似乎只有我一個人關注，沒人注意到這個惡魔的存在。

就連被她盯著看的情侶，大概也因為進入兩人世界而沒瞧她一眼，專心索求彼此的嘴唇。

10 月 31 日（星期六）　淺村悠太

「嗯，兩位，可以打擾一下嗎？」

惡魔出聲了。

情侶似乎這才注意到惡魔的存在，兩張臉連忙分開並轉向發問者。

太好了，看樣子不是什麼只有我見得到的怪象。

妳、妳突然跑出來想幹什麼啊——男子護著女友，滿臉戒心地往前一站。

惡魔面不改色地說道：

「兩位在大庭廣眾之下光明正大地做性行為的事前準備嘛。你們平常就會像這樣當著別人的面上演前戲嗎？」

「啊……？」

男友先生當場愣住。

我明白他的心情。那個惡魔，怎麼沒頭沒腦地冒出這幾句啊？

「不，不用想得太複雜。萬聖夜的環境能讓年輕人無視社會倫理到什麼地步？還是說它沒什麼特別的影響，單純容易讓欠缺倫理觀的人聚集？我只是對此有些在意罷了。換句話說呢，沒錯，正是出於好奇心。」

「喔、喔……妳在講什麼啊？」

「欸，走了啦。」

女友小姐拉了拉男友，打算離開現場。

「唉呀，先等一下。你們親給別人看不是為了讓自己更亢奮嗎？那麼，碰上我這種觀眾反而該歡迎才對呀？」

「我們要走了，別過來。」

「能不能回答我一個問題就好？之所以在大庭廣眾下調情，單純是因為今天鬼迷心竅，還是平常就這樣？就算只是臨走前撂話嗆聲也無妨，麻煩至少把這點情報留下。」

「才沒有。」

女友小姐生氣地瞪了惡魔一眼，隨即氣沖沖地拉著男友先生往中央街走去。

「感謝兩位提供寶貴的樣本。我答應兩位，會讓它在今後的研究派上用場。」

惡魔揮揮手，目送情侶的背影。

「好啦，找下一個觀察對象吧……嗯？」

「啊。」

我和轉過頭來的惡魔對上眼。

一看見那對宛如染塵寶石的渾濁眼眸，某段記憶猛然甦醒。

10月31日（星期六）　淺村悠太

色素偏淡的肌膚、亂翹的頭髮、給人慵懶印象的下垂雙肩，加上剛剛那段壞心眼的問答，和我記憶中的某個人物重疊。

和讀賣前輩在咖啡廳討論的成年女性。前輩似乎叫她「工藤老師」。

這麼說來，讀賣前輩說打工結束後和大學的朋友們有約。或許，這位老師正是因此先一步來到我們書店附近。

「我是不是在哪邊見過你？」

「啊，不，非常抱歉。我不該盯著看。」

「這點無妨。我無意責備你。畢竟種種學習行為，都是從盯著看開始的。」

「這、這樣啊……」

「剛剛那對情侶的求愛行動，你都看在眼裡吧？你怎麼想？」

她問我感想。

雖然問題出乎意料，答案卻立刻浮現。

「我覺得……很不好意思。」

「喔？」

「雖然是直覺反應啦。」

「原來如此。所以你想像了自己那樣被別人看見的場面。」

「沒、沒這回……」

「有這回事吧。畢竟我這麼可疑的人突然詢問，你卻能立刻回答。無疑是從一開始就對那種行為有自己的感想。換句話說，這是你自己得來的誠實感想……如果事不關己，應該會說『很礙眼』或者『無所謂』，你卻回答不好意思。這就是所謂的共感性羞恥。因為覺得此情此景能替換成自己，才會感到羞恥。」

內心所想被她說中，令我倒抽一口氣。

不愧是能駁倒那個讀賣前輩的人，碰上她的能言善道，我完全不是對手。

「若要統計『對於在他人面前接吻不會感到抗拒』的人有多少，結果將會因為年齡、性別、已婚未婚而有差異，但是通常會落在百分之八上下。然而，問起是否曾經實際在人前接吻，卻有接近百分之二十的人體驗過。」

「呃，那又怎麼樣？」

「即使在統計上大多數人都對於在人前接吻感到抗拒，已經體驗過的情侶卻為數不少。那麼，這種以價值觀來看應該無法過關的行為，人們會在什麼時候、什麼場合去做呢？沒有什麼研究會追蹤到這種地步。我就是在尋找容易讓這種倫理崩潰的條件。」

「……原來如此。」

我覺得很有意思。

同時也覺得很恐怖。

她每說一個字都會把人拖過去一點，不知不覺間就會被她牽著走。

那身惡魔扮相，讓我有種受到梅菲斯托費勒斯誘惑的錯覺。

「澀谷萬聖夜每年都有年輕人做蠢事是出了名的，這點你知道吧？」

「嗯，是啊。」

「做蠢事，也就是做出脫離社會規範的行為。不過我有個假設是，說不定在男女關係上，它也會產生類似的作用。」

「所以，妳才實地考察。原來如此，不愧是大學教授，對於研究真是熱心。」

「喔？看來你果然認識我。」

糟糕，不小心說溜嘴了。

雖然我單方面認得人家，不過那是因為偷聽了對話，所以說真的很難坦白。

就在我煩惱該怎麼辦的時候，惡魔的視線卻從我的頭一路打量到腳。

「喔，原來如此，那裡的店員啊。讀賣同學的後輩。」

「是的，確實是這樣。」
「難道是淺村同學？」
「咦，連我的名字都知道嗎？」
「長相是現在才知道的。」
原來如此，這種表達方式還真是壞心眼。
「我是工藤英葉。在讀賣同學就讀的月之宮女子大學擔任副教授。之前我也和令妹見過面喔。」
「我有稍微聽她提過。」
她說校園開放日去參觀時，被難搞的老師纏上。
不過交談幾分鐘就能窺見一鱗半爪，可以想見綾瀨同學當時的心力交瘁。
「妨礙人家工作不太好啊。我差不多該閃人了。」
「……真意外。」
「意外什麼？」
「我還以為，妳會就這麼繼續講下去。」
「哈哈哈，我沒有妨礙別人活動的嗜好。除了自己感興趣的事之外，我都無意隨便干涉。」

還真有臉講這種話——想歸想，但我當然沒說出口。

恐怖之處在於，工藤副教授對於她自己的發言似乎沒有感到半點疑問。她講的是真心話。

工藤副教授留下一句「那麼再見啦」，便轉過身去。

稍微鬆了口氣的我，準備回頭拖地。

「啊，對了。」

她突然停下腳步，開口說道。

「機會難得，我就做點惡魔該做的事，對你下個詛咒再走吧。」

「詛咒？講得那麼嚇人。」

「為什麼平常不在人前談情說愛的孩子們，會在今天這麼做呢？我認為，關鍵在於暫時性的智力低落。」

「……意思是，人們受到萬聖夜的氣氛影響而變笨？」

「沒錯。而且人類愈笨，就愈會忠於原始的慾望……換句話說，會渴望與伴侶有性方面的接觸。」

「講得真直接呢。」

「因為是事實……不過雖然講『變笨』，卻也不完全是壞事。」

「我無法想像變笨會是好事。」

「會變得幸福。」

「突然變成心靈方面的話題了呢。」

剛剛的邏輯推論上哪去啦？

「人世向來與心靈同在。它是人類社會不可或缺的一部分。」

工藤副教授指向旁邊。

順著她的手看去，便能見到淹沒了整個澀谷全向交叉路口的扮裝隊伍。

我想起和藤波同學一起走過的夜晚澀谷。

那天晚上，也充斥著拿某種藉口讓自己沉淪的人。那時他們是借用酒的力量。

至於今天，群眾則是借用萬聖夜這場活動的力量。人們試圖忘記自己是有智慧的生物。

「我就對聰明過頭的你們，也下個會變笨的詛咒吧——萬聖快樂。」

「變笨……拜託別開這種玩笑啦。」

要我和綾瀨同學變成那副德行？怎麼可能嘛。
於是，我無奈地再次看向工藤副教授。
然而，已經看不見她——惡魔的身影。
看來，她說完想說的話之後便消失了。
「她該不會真的是惡魔吧……」
怎麼可能嘛。啊哈哈。
即使有了個奇妙的體驗，我依舊默默把剩下的清掃工作解決，然後回到店內。

打工時間結束。
我從收銀台走回後場，發現店長待在辦公室裡，忙著將手提袋發給下班的店員們。袋子上還綁著送禮用的緞帶。
「淺村小弟也辛苦啦。謝謝你在忙碌時節排班，收下這份禮物吧。」
他遞過來的袋子，裡頭裝的看來是甜點組合。
似乎是要獎勵願意在萬聖夜排班的人。我就不客氣地收下了。
「來，綾瀨小妹也是。辛苦啦。」

10月31日（星期六）　淺村悠太

「謝謝。」

稍微晚了一點才收工的綾瀨同學，也在領到甜點後向店長道謝。

她後面還有讀賣前輩。

讀賣前輩罕見地與我們兩個同時下班。之後她似乎要和她們學校的人會合並參加扮裝派對。

告訴她剛剛在外面遇到疑似某位老師的人之後，她擔心地問：「沒事吧？她有沒有對你做出什麼奇怪的行為？」我回答：「沒事，不過被下了詛咒。」只見讀賣前輩當場呆掉。

我去更衣室換衣服。

接著我回到辦公室，綾瀨同學和讀賣前輩也差不多在同個時間進來。

綾瀨同學只是恢復便服，讀賣前輩則換上了派對用的裝扮。

讀賣前輩頂著寬大魔女帽，身穿黑色魔女服，扮相合適到會讓人忘記平常的和風美女模樣。

不是裸露程度較多的時尚魔女，而是會出現在森林深處的穩重魔女，很符合前輩的風格。項鍊用了雕有符文的石頭這點也很講究。手裡拿的不是掃帚，而是疑似在某遊樂園買的短杖——所謂的魔杖。

「哼哼哼哼～！欸欸，怎麼樣？」

讀賣前輩提起魔女服的裙襬，一臉得意地擺姿勢。

「啊，是。非常適合。簡直就像真的。」

對於徵求同意的讀賣前輩，我老實地給予讚賞。

她打算好好享受節日的心溢於言表。

「對於後輩你來說，講到扮裝應該會想看沙季的就是了。」

嗯，這我不否認。雖然她應該不會這麼做。

「我才不穿。」

站在旁邊的綾瀨同學一副要打斷人家的口氣——看吧。

「習慣之後會覺得很不錯喔？」

「敬謝不敏。」

「不過啊，只要一下，一下子就好了。試試看嘛？」

讀賣前輩翻找應該是裝了服裝的包包，一邊用類似某個藍色機器人的聲音說出「貓耳髮箍～！」一邊把東西拿出來。

10月31日（星期六）　淺村悠太

「稍微戴一下看看。」

「不，就說不用了。」

「好冷淡～真沒意思～好嘛好嘛，難得妳長得這麼可愛。後輩也會很高興喔！對不對，後輩！」

「拜託別徵求我的同意。」

即使外表給人不同的感覺，內在依舊是讀賣前輩，充滿了大叔氣息。這種事搞得太過火，在現代會變成職場霸凌。

「那個，我要回去了。」

「咦～？也罷，反正機會今後多得是，對吧？」

真的有嗎？

「沒有。」

「不過，妳對於可愛的裝扮很感興趣吧？」

綾瀨同學一時之間說不出話。

「總之我今天要回去了。」

「這樣啊～那麼後輩，時間已經不早了，要好好當護花使者喔～」

「呃，好。」

森林魔女揮了揮手，以單肩背起運動背包。畫面相當好笑。

她多半是打算把背包寄放在某個置物櫃吧。現在還找得到空的嗎？

還是說，她早已確保能放私人物品的地方？

向來準備周到的讀賣前輩，應該事前就安排好了吧。

「那麼，再見啦～」

「啊，前輩。」

我叫住準備走出辦公室的讀賣前輩。

「咦？還有什麼事啊～？」

「請用。」

我遞出掌中的小袋子。

「這是什麼？」

「點心。雖然只是糖果——喉糖。記得妳說過還會去唱卡拉ＯＫ對吧。」

「喔～沒想到你記得。了不起了不起！」

「要是被搗蛋就不妙了嘛。」

10月31日（星期六）　淺村悠太

「呵呵，感謝感謝。」

她將糖果袋貼在臉頰上，轉頭向我們露出微笑。

「那麼，為了把幸福也分給你們，就讓我施個魔法吧。嘿！」

說著，她揮動魔杖。

「萬聖快樂！再見啦！」

說完，她一個轉身走出辦公室。

「好的，再見～」

「路上小心。」

綾瀨同學也揮揮手送別讀賣前輩。

「好啦，我們也回家吧。」

綾瀨同學點頭，就這麼抓起包包。

我往她走了一步，從包包裡拿出另一樣東西遞到她面前。

綾瀨同學睜大眼睛。

「咦？什麼？」

「這個給妳。」

一小袋點心，袋子和給讀賣前輩的一樣。

「這也是糖果？」

「不……這是巧克力。」

「可是，我什麼都沒準備喔。」

「不用在意。只是一點小小心意。萬聖快樂。」

「萬聖快樂。謝謝。」

走出店門前，綾瀨同學說了句「等我一下」，然後轉身跑回店裡。

怎麼了？有東西忘了拿？

為了避免妨礙顧客進出，我決定離入口遠一點。

然後在能看見入口的位置等待綾瀨同學。

約過了數分後，綾瀨同學回來，但是看上去沒有拿任何東西。

「抱歉，讓你久等了。」

「東西忘了？」

「差不多是這樣。」

說完，綾瀨同學走到我旁邊。

10月31日（星期六）　淺村悠太

「總之……回家吧。」

「嗯。」

一走到大路上，我們便吃了一驚。

扮裝湊熱鬧的人擠得水泄不通，連讓人走路的空隙都沒有。

我早就料到會這樣。所以今天沒騎自行車過來，實際上也猜中了。不過——

「沒想到這麼誇張……」

「好多人啊。」

「呃，這麼一來根本沒空理會遇上誰了。」

我原本還擔心被學校的人撞見會怎麼樣，不過扮裝的人這麼多又擠得像沙丁魚一樣，根本沒有餘力仔細看人家長什麼樣子吧。

看來必須在扮裝湊熱鬧的外國人和派對咖大學生裡頭找空隙鑽。遠離車站應該就不會這麼嚴重，眼前這景象簡直就是元旦的明治神宮——這樣講或許有點誇張，不過擁擠程度差不多就是這樣。

「哇！」

可能是撞到路人了吧，綾瀨同學小聲驚叫，而且身子有些搖晃。

我趕緊撐住她。

情況不妙。

「車道那側稍微空一點。往那邊靠吧。」

「唔，嗯。」

我們試圖往人少的方向走，但是要鑽過人潮實在很辛苦，感覺一個不小心就會走散。

反正目的地是同一個家，而且我們都不是小孩子了，就算走散照理說也不至於迷路。不過——

「綾瀨同學，來。」

我向綾瀨同學伸出手，她握住了。

感受到掌心傳來的溫暖，令我心跳加速。綾瀨同學的手比我的手還要小一圈，讓人害怕握得太緊會弄痛她。話雖如此，但我更怕放開手會分隔兩地。於是我握緊她的手，將她拉到身邊。

「看不到腳下，要小心喔。」

「沒問題。」

說著，綾瀨同學便為了避免被人潮淹沒而主動靠向我。
好久沒有貼近到能感受彼此體溫的距離了。
我抬起頭，走上眼前已經擠到連螞蟻都鑽不出來的道玄坂。
彼端是整片燈火通明的大樓，背景則是黑色的天空。天鵝絨般的夜色，為澀谷罩上一層幽暗的帷幕。
我們邁開腳步，鑽過扮裝的人潮。
黃昏時分已過，暮色早就遠去，時鐘指針低調地走著。夜色也已深沉，現在是小孩子睡覺的時間。
在街上漫步的，有蹦蹦跳跳弄到妝花掉的小丑，有單手拿著掃帚在笑的魔女，有長出虛假獠牙的吸血鬼。人們哼唱著流行音樂，走過行人穿越道。
冒牌的魔物大軍。
就算其中混了一隻真貨，想來也不會有人發現。
每當交通號誌的綠色與紅色輪替，魔物們的動作便像漩渦一樣跟著輪替。宛如一群遭到咒語操縱而沒有自我意志的野獸。

從某人手中脫離的紅色氣球，在反射路燈光亮的同時逐漸攀升，被黑暗吞噬。

某處響起車輛的喇叭聲。不遠處傳來綁帶男女的笑語聲。奔馳而過的汽車拉出紅色光帶。每當便利商店開門就流瀉而出的音樂則是聖者進行曲，掠過耳畔便消失。

我覺得自己彷彿踩在雲朵上。在這片夢幻般的景象裡，和我手牽手的女孩是位獨樹一格的美女，我的妹妹。沒有血緣的妹妹。

也是確認過彼此有好感的對象。

這是最讓人覺得不真實的部分。

這真的是現實嗎？

能夠確定的，只有她透過雙手相繫傳來的體溫。

擦身而過的狼人，似乎在面具底下竊笑。

說不定，那人就是班上某位同學。他看見我和綾瀨同學像這樣手握手、肩並肩走在一起。

感覺上會認為這種可能性幾乎沒有，理性卻告訴我可能性並未消失。

隨著遠離車站、接近自家，路上行人愈來愈少。

路燈間距也慢慢拉開，能夠看見公寓燈光時，除了我和綾瀨同學之外已經沒有任何人。

通過鄰近的公園、穿過寬敞的街道之後，我們才終於放開手。

兩人都嘆息似的吐了口氣。

「我在想啊……」

「咦？」

「如果我們兩個都扮裝，或許能在不被任何人發現的情況下回到家。」

「或許……是呢。」

真要說起來，我們一開始也沒打算牽著手回家。但是，一牽起對方的手之後，不走到離家這麼近的地方就無法放開。彼此都想要溫暖。

確實，既然是這種行人個個扮裝的非日常之日，順水推舟地跟著大家這麼做，或許能讓這段牽手回家的路能走得更輕鬆。接受結論的同時，我卻也在想……對她來說扮裝和化妝是兩回事，就算有這種計畫，她大概還是會因為害羞而做不到吧。

「是否有一天——」

我們不需要拐這麼多彎，也能像普通的情侶一樣牽手同行呢？

但是，我又想到擋在我和綾瀨同學之間那些不願破壞兄妹關係的人。

「什麼？」

「不……沒什麼。」

街燈下，兩人的影子再度重疊，手牽著手。

真希望就這樣一直玩下去——孩童般的嬌小人影彷彿在對我這麼說。

抬頭一看，公寓的每一戶都亮著燈，每一盞燈都代表一個家庭。裡頭應該也有些是剛成為一家人吧。

我們沉默地走回家。

在那之後，我終究還是沒伸手與她相繫。

打開家門，點亮燈光。

「我們回來了～」

我們異口同聲，卻沒得到回應。

——怪了？

亞季子小姐還在上班，但是老爸應該在家。

先一步走到起居室的綾瀨同學「咦？」了一聲。

「怎麼了嗎？」

「這個。」

她晃了晃手裡的便條紙。

『我去亞季子那邊嘍。』

紙上是老爸的字跡。

我連忙拿出手機確認，才終於發現ＬＩＮＥ有通知。一看內容，原來是老爸趁著明天是週日，決定今天去亞季子小姐工作的店吃晚飯。

大概是ＬＩＮＥ一直沒有標上已讀，所以保險起見他留了字條才出門。

「老爸好像打算和亞季子小姐一起回來。」

「看來是這樣。」

綾瀨同學回話時也看著亞季子小姐的通知。我們先前疏於確認，所以兩個人都不知道這件事。

既然會配合亞季子小姐的下班時間回家，那麼鐵定要到深夜。

儘管我們特地考慮到老爸可能會餓肚子所以直接回家。

這麼一來，代表他們兩個還要再過幾個小時才會回來吧。

10月31日（星期六）　淺村悠太

「哎，畢竟老爸也是一直忙到最近嘛……」

明明是新婚第一年，卻因為工作時間的差異導致總是和亞季子小姐擦身而過，所以想要兩人時間。這種心情，現在的我非常能夠體會。

不過，這樣的話──

「那麼，在他們回來之前，家裡只有我們？」

「看來是。」

「這樣啊。那晚餐要吃什麼？原本想說爸爸和媽媽要吃，所以我打算今天也弄火鍋……既然只有兩個人吃飯，或許簡單一點比較好。要點菜嗎？」

聽到綾瀨同學這番話，我想了一下。

突然問我想吃什麼，我也不曉得該怎麼回答啊。

話雖如此，但我好歹也知道，這種時候千萬不能回答「什麼都好」。

「這個嘛……」

嗯～該怎麼辦呢？

「抱歉，突然聽我這麼說，一下想不到對吧。」

看見我陷入沉思，綾瀨同學開了口。換句話說，這表示她自己一時之間也想不到要吃什麼。因為要是有主意，就不需要問別人了。我想吃，所以做。如此足矣。

「不不不，既然妳要做飯，那麼我好歹該幫忙提意見。沒立刻想出主意該道歉的是我。」

只不過，我平常放在菜單上的心思沒多到能立刻提議也是事實。

我對綾瀨同學說道。

「唉呀，別急。這種事有訣竅的。」

「訣竅？」

「呃，有種現象是『在什麼都能選的情況下，其實人類反而難做出選擇』。」

這是直播App等場合也會用到的竅門。讓使用者從服務列表開始看起，是一步壞棋。乍看之下，這種使用者介面很親切，然而從一開始就決定好自己想要什麼的使用者，其實不多。

即使肚子餓了想吃東西，也不代表已經想到要吃什麼。這才是一般狀況。

這種時候該怎麼辦呢？

「首先，強行做出某種選擇。若是餐點的話，我就不是先決定想吃什麼，而是先決定不想吃什麼。」

「咦，這是怎麼回事？」

「這樣比較容易做決定，至少我是。所謂的訣竅就是這部分。一般來說，一直吃同樣的東西會膩吧？所以，先回想最近吃過什麼。」

「早上記得是吃和食。中午……因為想省力氣，所以是用速食拉麵打發掉的，對吧。」

「所以，先把這兩項去掉。這時候，也要告訴對方。早上是和食所以想避免和食。中午是拉麵所以中華料理也去掉——就像這樣說出來。」

「那麼，洋食？」

「光是這樣就會變得比較容易想了吧？」

「確實呢。」

「還有，能夠實現也很重要。就算想做，材料不夠依舊沒意義。如果考慮外送就另當別論。這種時候也能從反方向開始思考。有必須早點用完的食材嗎？」

「應該是……蛋吧。」

「那麼，就是用蛋做洋食了。像是蛋包飯、荷包蛋之類的……雖然好像只想得到平常吃的那些就是了。」

「啊，既然這樣，法式吐司怎麼樣？」

「這倒是沒想過呢。嗯，我現在想吃了。」

由於綾瀨同學已經做過好幾次，這種以前只在小說上看得到的食物，近來感覺離我不遠。

「若是那個就能輕鬆搞定。因為步驟不複雜，相對簡單。」

「畢竟就類似蛋糕嘛，而且好像很適合今天這種類似慶祝的日子。」

主菜先決定，之後便快了。既然是洋食，那麼西式湯品應該比味噌湯來得合。幸好玉米濃湯粉還有剩。蔬菜也很齊全，所以能確保沙拉。

我們分頭準備晚餐，然後將成品端上桌。

前後不到三十分鐘就已搞定，於是我們面對面坐下，吃起法式吐司。搭配的是沙拉和玉米濃湯。

「我一直在想，和做飯的時間相比，吃飯的時間真的好短，對吧？」

「這……是沒錯。然而凡事不都如此嗎？我們不經意消耗掉的東西，幾乎都是這樣，雖然製作很費工夫，品嚐卻只有一瞬間吧？」

或許真是這樣。

10月31日（星期六）　淺村悠太

我喜歡書，若是文庫本，一本只要一兩個小時就能看完，但是要把它寫出來，我想得花上好幾天吧。說不定長達好幾個月？不，可能沒那麼久？

這麼一想，我就覺得必須對製造者心懷感謝。

「綾瀨同學，感謝妳總是為我做那麼美味的餐點。」

我低下頭，綾瀨同學一如往常地別開目光。

她在害羞。最近我看得出來了。

「我所做的還不值得你說這種話啦。只是在做得到的範圍內盡力而為罷了。」

只有這套說法，從我認識她到現在都沒有變過呢。

「可是，我真的很感謝妳。」

「你最近也開始下廚了吧？」

「要追上妳看來還得花很多時間就是了……嗯，法式吐司很好吃喔。」

「……不客氣。」

我詢問頭別得更偏的綾瀨同學要不要喝咖啡。

「喝咖啡會睡不著……」

確實，如果不是考前，最好避免睡眠不足。

「對了，這麼說來——」

我站起身，去拿一個原本放在餐具櫃上方的盒子。老爸公司同事送的無咖啡因咖啡組合。以包為單位，放到杯子上把熱水倒下去的濾掛式。

「這個如何？去掉咖啡因的。」

綾瀨同學點頭，於是我打開快煮壺的開關，從餐具櫃拿了兩個杯子過來。

這段時間，綾瀨同學去洗碗盤。

數分鐘後，水已經煮沸，於是我泡起兩人份的咖啡。

香味隨熱氣升起，我舉杯就口正要喝的時候，綾瀨同學「啊」了一聲。

「先等一下，淺村同學。」

「嗯？」

攔住我的綾瀨同學，打開放在空椅子上的包包，拿出某個包裹。

「咦？這是我們店的——」

包裝紙屬於我們打工的書店。

「對，似乎只有今天會賣。」

說著，她拆開包裝紙，露出一個可以放在雙掌上的方形盒子。盒裡是個南瓜形狀的小容器。

「……這個，該不會是燈？」

「沒錯。」

她把燈拿出來，放到桌上。

盒子上大大地寫著「LED蠟燭燈」幾個字。

這個橘色的南瓜型容器，外觀就是個被挖空的南瓜燈籠，裡面則裝有蠟燭形狀的LED燈。這盞燈有附三號電池，把電池放進去按下開關後，微弱的燈光亮起。

「我把上面的燈關掉嘍。」

天花板的燈熄滅，只剩下南瓜燈籠洩出的淡淡LED光亮。

燈光在桌上搖曳不定。

從挖出臉所產生的洞往南瓜裡面看，會覺得LED蠟燭就像真正的燭火一樣。

「以前是非得點真正的蠟燭不可，現在就算不用火也能製造火焰的晃動。真是不得了的時代。」

綾瀨同學在我對面坐下的同時說道。

這種晃動，大概是LED不規則發亮所造成的。正如綾瀨同學所言，會讓人覺得就像真正的燭火在晃一樣。

關上燈的屋內，我們隔著放出微光的南瓜燈籠對看。

「以前啊——」

「嗯？」

「其實，這個南瓜燈籠的設計，就和以前媽媽買給我的那個一樣。同樣是這種模樣的臉，只不過小時候那個裝了真正的蠟燭。」

「會不會是同一家廠商的系列作品啊？」

「或許是……然後呢，萬聖夜是酒吧生意正好的時候，所以媽媽就像今天這樣一直沒有回家，於是我一個人玩起萬聖家家酒。當時的我還是小學生，卻點了蠟燭……後來被媽媽罵了。」

真危險啊，我心想。不過，說不定當時的綾瀨同學也明白這點。

光亮，就是人類營生的象徵。

有人在，才會點燈。

看見公寓窗戶的零星燈火出現在夜幕彼端，總是會讓我鬆口氣。

「為什麼呢？一看見燈光，就會有種『我回來了』的感覺。」

「我懂。」

「因為媽媽是做那種工作，所以我就算待在家裡也難得和她碰面。從小時候便這樣，即使回家也很寂寞。可是……」

綾瀨同學話鋒一轉。

「今年能和淺村同學一起過，讓我很開心。」

燈籠的光，稍微照亮了被桌子隔開的兩張臉。

看著她因為反射燈光而閃閃發亮的眼眸，一股衝動湧上心頭。

「那個啊——」

「嗯？」

「呃……」

我往她的方向稍微探出身子。

她也把臉湊向我。

她的眼睛反映著ＬＥＤ的不規則閃爍，晃蕩不已。

下意識伸出的右手，碰到了她的臉頰。指尖輕撫落在她臉上的秀髮。

「妳的頭髮，稍微變長了呢。」

「和之前比還是短得多喔。」

「很適合妳。」

「……謝謝。」

以距離特別親近的無血緣兄妹關係，加深彼此的感情。

立下這種約定，不過是短短一個月前的事。但是，現在我正準備以自己的意志跨過這個約定。同時我也捫心自問，自己是否打算面對所造成的一切結果。

『我就對聰明過頭的你們，也下個會變笨的詛咒吧。』

惡魔的低語在耳邊迴盪。

既然不是一般的男女，沒有足夠的覺悟或許根本不該跨過這條線。

但是，若問想不想和她共度更幸福的時光，答案很明白。

我想碰觸她，也希望她接受。

儘管這樣膚淺又任性，如果套用惡魔的說法，就是種愚笨的感情。

路燈下，牽著手的兩道小小人影。我的感情，希望能夠和它們一樣。

看著我的眼睛逐漸靠近，綾瀨同學眼神不再緊繃。

她閉上眼睛。

啊，原來她的睫毛這麼長……

我腦中想著這些無關緊要的事，下一瞬間自己也閉上了眼。

嘴唇傳來柔軟的感觸。

不是妹妹。

我吻了綾瀨沙季。

在無人看見的家中。

這項罪行，只有神明看見……不，或許就連神明也會被惡魔們的行進遮住視線而漏看

——我抱著這種淡淡的期待。

不會遭到任何人責備，祕密的一瞬間。

「這是惡魔的時間呢。想必萬聖夜的燈光帶有魔力。」

分開時，綾瀨同學帶著些許喘息，這麼說道。

10月31日(星期六) 綾瀨沙季

我爬上床，將被子拉過頭頂，遮住滾燙的臉頰。
指尖輕輕滑過嘴唇。

我，剛剛，接吻了。

走在打工書店的賣場裡時，偶然找到了。
模仿南瓜燈籠的塑膠材質蠟燭燈，擺在萬聖夜用的特設賣場。
和小學時媽媽為了萬聖夜而買給我的燭台一模一樣。
大小也是、南瓜的顏色也是、挖出來的表情也是。
只不過，媽媽當年買回來的東西，是插上蠟燭點火的那種，這個則是最新型的LED燈款式。

儘管有些猶豫，最後我還是在回家時買了。

打工結束後，我和淺村同學離開書店。

來到建築外面，我吃了一驚。

扮裝的路人讓街上熱鬧非凡。馬路擠到大家都近在咫尺。光是走路便可能撞到別人。

實際上，我就被撞得腳步不穩。要不是淺村同學撐住我，我說不定會當場摔得四腳朝天。

我握住他伸來的手，和他手牽著手踏上歸途。

光是這樣便讓我心跳加速。

看見公寓燈光而鬆口氣的同時，放開手也讓我感到寂寞。

媽媽在萬聖夜當天——今天，依舊要上班。而且因為人潮洶湧，對酒吧來說更是生意興隆的時候。所以回家必然是深夜。

話雖如此，但今天是週六，所以繼父應該會一直待在家裡才對。

10月31日（星期六）　綾瀨沙季

畢竟是假日，想必在我們到家前他都不會吃晚飯。所以我們沒繞去別的地方，選擇直接回家。

就在我們手牽手穿越擁擠的澀谷街頭時，繼父已經去店裡見媽媽了。

留在家裡的只剩我和淺村同學。

只有我們兩個一起做飯、只有我們兩個一起吃飯。吃完飯之後，淺村同學幫我泡了咖啡。

我想到在打工地點買的蠟燭燈。

於是我回想著小時候的情景，將燈放到桌上點亮。

微暗的ＬＥＤ燈光閃爍不定，簡直就像點了真正的蠟燭。

看著那盞燈，我漸漸想起自己買燈的理由。

這些年來，萬聖夜的南瓜燭台，對我來說是孤獨的象徵，也成了孤單、寂寞的證明。我想改寫這段記憶。

和新家人共度的第一個萬聖夜。

總覺得，如果能點亮燈籠入睡——

就能治癒那一天的寂寞小孩。

隔著南瓜燈籠坐在對面的淺村同學，稍稍探出身子。

啊。

下一瞬間，我已經明白接著會發生什麼事。

他伸出的手碰到我的臉頰。指尖輕撫我的髮絲。臉頰愈來愈燙，我好怕心跳的激烈程度會透過指尖洩漏給他。

我們看著彼此，他的臉顯得愈來愈大，並不是什麼錯覺。

那雙逐漸接近的眼睛，映出我自己的臉。

驚訝的眼神。

期待與不安宛如蠟燭的光亮，搖擺不定。

不過，內心某個角落一清二楚。

自己早有這種預感。

我閉上眼睛。

接吻帶來的開心、羞怯，以及對今後的期待與不安，自己心中各式各樣的情緒幾乎要炸開。

害怕我們的關係會永遠變質。

即使如此，我依舊主動閉上眼睛。

接觸明明只有一瞬間，我卻感受到心裡那個哭泣的孩子已不再掉淚。

明明就連隔天媽媽抱住我所帶來的溫暖，也無法治癒這份孤獨。

萬聖夜的燈光帶有魔力。

說不定，施加這道魔法的是惡魔。

明明是我說想要保持還能當兄妹的距離。我卻覺得是自己破壞了約定——

因為，那個瞬間只要我稍微別開目光，淺村同學大概就會停下來。

我看著他的眼睛，接受了他。在已經無法回頭的距離，我閉上眼睛等待。

接著和想像中的一樣，他的嘴唇貼了上來。

碰觸到他的實感，比牽手時還要強烈好幾倍。

溫柔的橘色光亮，就在闔上的眼簾彼端。

傑克高舉的燈籠光亮。

時而迷惑旅人，時而指引旅人。也有人說，那是上不了天堂也下不了地獄的迷惘靈魂。

只希望，它能為愛上哥哥的義妹照亮戀情的前程。

突然，我想起在學校聽到的招募義工消息。萬聖夜隔天的撿垃圾義工。

放肆喧鬧的人們弄髒街頭，為什麼非得由我們打掃不可？那時我這麼想，所以當成沒看到。

「要不要早起參加呢……」

神明會不會允許，我不清楚。

總之，現在我想做點能讓自己變成「好孩子」的事。

試著找淺村同學一起去吧。雖然被惡魔慫恿的甜蜜片刻無比愜意。但是。如果可以不依賴惡魔就累積和他在一起的美好時光，或許更能坦然面對我們兩個的關係。

我在溫暖的被窩裡呆呆地想著這些事，逐漸落入安眠的深淵。

後記

感謝您購買小說版《義妹生活》第五集。我是YouTube版原作者&小說版作者三河ごーすと。描寫同齡男女在日常生活認識彼此、心靈相通的「義妹生活」系列——將這本第五集讀到最後的人裡，或許也會有人這麼想：「才五集就演到這裡？已經沒別的事能做，是不是該完結了？」

不過敬請放心。我想在「義妹生活」裡講的故事還有很多，而且我相信，無論是對於各位讀者，還是對於各位YouTube版支持者，都會是有價值的內容。「義妹生活」是體驗淺村同學和綾瀨同學他們人生的故事。正如現實的我們會經歷升學、就業、結婚等種種人生階段一樣，我會忠實描寫他們的人生，以及他們的心思、交流。還請各位繼續期待。

以下是謝辭。插畫Hiten老師、聲優中島由貴小姐、天﨑滉平先生、鈴木愛唯小姐、濱野大輝先生、鈴木みのり小姐、包含影片導演落合祐輔先生在內的每一位YouTube版工作人員，責編O編輯、漫畫家奏ユミカ老師、所有關係人士，以及各位讀者，感謝你們——以上，我是三河。

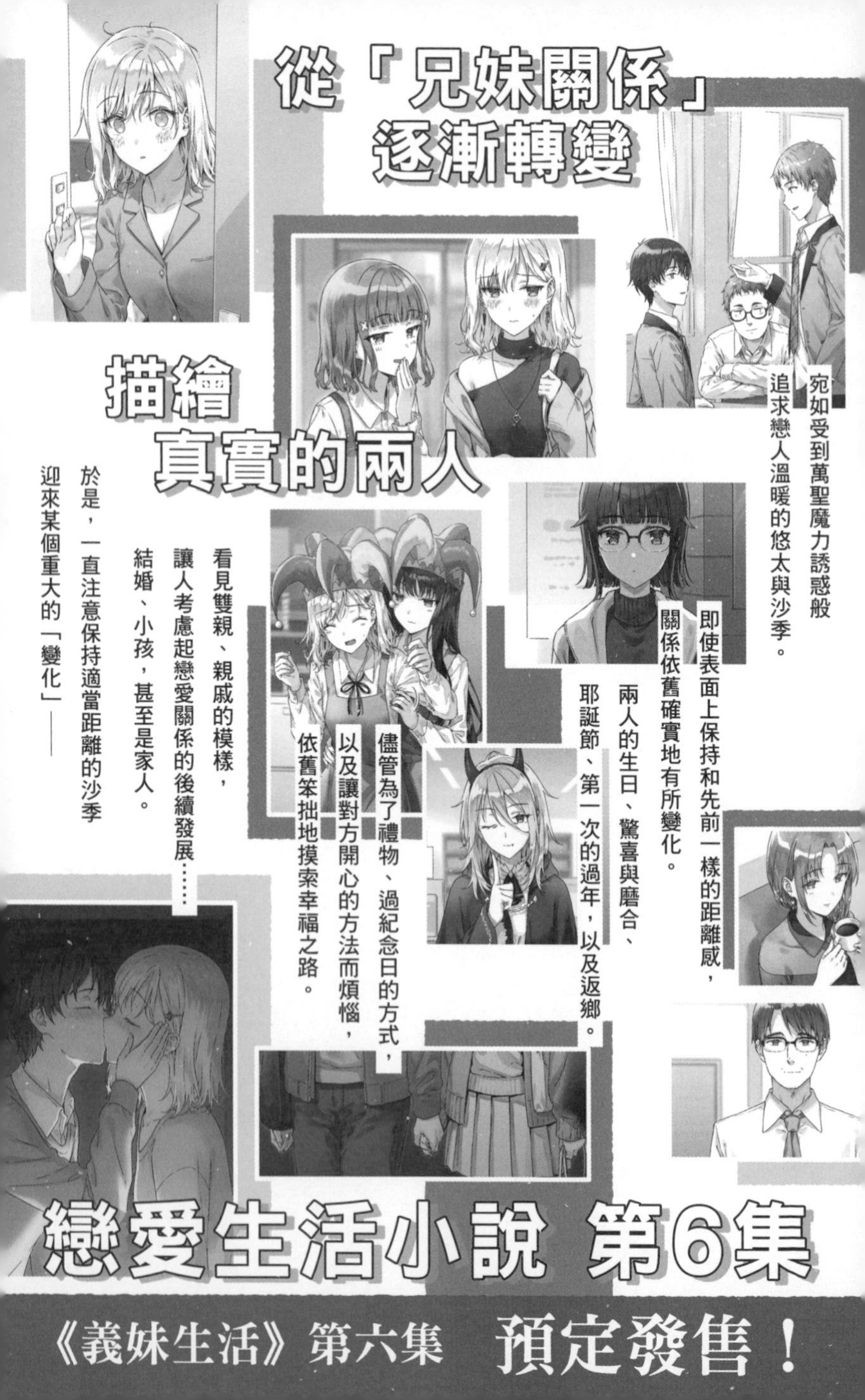
從「兄妹關係」
逐漸轉變
描繪
真實的兩人
宛如受到萬聖魔力誘惑般
追求戀人溫暖的悠太與沙季。
即使表面上保持和先前一樣的距離感，
關係依舊確實地有所變化。
兩人的生日、驚喜與磨合、
耶誕節、第一次的過年，以及返鄉。
儘管為了禮物、過紀念日的方式，
以及讓對方開心的方法而煩惱，
依舊笨拙地摸索幸福之路。
看見雙親、親戚的模樣，
讓人考慮起戀愛關係的後續發展……
結婚、小孩，甚至是家人。
於是，一直注意保持適當距離的沙季
迎來某個重大的「變化」——
戀愛生活小說 第6集
《義妹生活》第六集 預定發售！

義妹生活

繼母的拖油瓶是我的前女友 1~8 待續

Kadokawa Fantastic Novels

作者：紙城境介　插畫：たかやKi

彼此真心話大爆發，
戀情百花齊放的神戶旅行篇！

學生會在會長紅鈴理的提議下決定前往神戶旅遊，還約了水斗與伊佐奈、星邊學長、曉月與川波等人！漫遊港都的過程中，眾人展開戀愛心理攻防戰！就連川波似乎也難以置身事外。為了治好他的戀愛過敏體質，女友模式的曉月開始下猛藥……！

各 **NT$220~270/HK$73~90**

救了想一躍而下的女高中生會發生什麼事？ 1~4（完）

Kadokawa Fantastic Novels

作者：岸馬きらく　插畫：黒なまこ　角色原案、漫畫：らたん

塑造出結城祐介的過去及一路走來的軌跡終將明朗。
加深兩人愛情與牽絆的第四集——

寒假第一天，兩人接受結城母親的邀請，前往結城老家。神色緊張的小鳥第一次見到結城性格爽朗的母親，以及與哥哥截然不同，總是閉門不出的弟弟。不僅如此，甚至還出現一個宣稱自己喜歡結城的兒時玩伴……？

各 **NT$200~220/HK$67~73**

一點都不想相親的我設下高門檻條件，
結果同班同學成了婚約對象!? 1~4 待續

Kadokawa Fantastic Novels

作者：櫻木櫻　插畫：clear

「我們結婚吧，愛理沙。我絕對會讓妳幸福的。」
假戲成真的甜蜜戀愛喜劇，獻上第四幕。

由弦與愛理沙的假婚約成真了，兩人的距離伴隨甜蜜的時光中漸漸縮短。愛理沙卻體會到雙方的家世差距及價值觀差異，開始懷疑自己是否夠格當由弦的未婚妻而湧現不安。擔心兩人進展的祖父為他們安排了溫泉旅行，由弦和愛理沙於是一同前往，然而……

各 **NT$220~250/HK$73~83**

國家圖書館出版品預行編目資料

義妹生活 / 三河ごーすと作 ; Seeker 譯 . -- 初版 . --
臺北市 : 臺灣角川股份有限公司 , 2023.04-
冊 ; 公分 . -- (Kadokawa fantastic novels)
譯自 : 義妹生活
ISBN 978-626-352-444-6(第 5 冊 : 平裝)

861.57 112001586

Kadokawa
Fantastic
Novels

義妹生活 5

（原著名：義妹生活 5）

2023年4月26日　初版第1刷發行

作　　者：三河ごーすと
插　　畫：Hiten
譯　　者：Seeker

發 行 人：岩崎剛人
總 編 輯：蔡佩芬
編　　輯：邱璨萱
美術設計：李思穎
印　　務：李明修（主任）、張加恩（主任）、張凱棋

發 行 所：台灣角川股份有限公司
地　　址：104台北市中山區松江路223號3樓
電　　話：（02）2515-3000
傳　　真：（02）2515-0033
網　　址：www.kadokawa.com.tw
劃撥帳戶：台灣角川股份有限公司
劃撥帳號：19487412
法律顧問：有澤法律事務所
製　　版：巨茂科技印刷有限公司
I S B N：978-626-352-444-6